8

고광(高光) 현대 판타지 장편소설

초판 1쇄 찍은 날 | 2019년 4월 18일
초판 1쇄 펴낸 날 | 2019년 4월 25일

지은이 | 고광(高光)
펴낸이 | 예경원

기획 | 위시북스
편집책임 | 이규재
편집 | 위시북스

펴낸곳 | 예원북스
등록번호 | 제396-2012-000132호
등록일자 | 2012. 7. 25
KFN | 제1-401호

주소 | 경기도 고양시 일산동구 호수로 646-24 위너스21II빌딩 206A호 (우)10401
전화 | 031-819-9431 팩스 | 031-817-9432
E-mail | yewonbooks@naver.com

ISBN 979-11-6424-249-8 04810
      979-11-89450-37-3 (set)

8
완결

라비돌

la vie d´or

고괭(高光) 현대 판타지 장편소설

WISHBOOKS GAME FANTASY STORY

Wish Books

CONTENTS

- 1장 -
황금양(4)

숨을 죽이는 것도 잊었다. 감탄이 터져 나왔다.

'대국민 오디션'의 첫째 날 대남의 기습 발표는 기자들을 벌떡 일어나게 만들었다. K신문사 주필(主筆)은 원고로 올라온 신문을 보며 볼가를 실룩여 보였다.

"전설의 시작, 김대남의 행보!"

주필로서 문화칼럼의 기고를 신경 쓰지 연예부 기사까지 일일이 신경 쓰지 않았다. 하나 이번만큼은 예외였다. 현재 대한민국 언론사는 김대남이라는 인물로 인해 호황을 누리고 있는 것이나 마찬가지였다. 검찰 시절부터 시작해 기획사 대표에 이르기까지 그는 수많은 특종을 몰고 다니며 언론의 순기능을 강화시켰다.

"주필님, 아직도 퇴근 안 하십니꺼."

배불뚝이 편집국장이 사람 좋은 미소를 지어 보이며 주필실을 찾았다. 평소 막역한 사이라 그런지 둘 사이에는 거리낌이 없어 보였다.

"오늘 같은 날 일찍 퇴근할 수가 있겠나. 김대남 대표가 무려 상금을 세 배나 올렸어. 세 배!"

손가락 세 개를 펼쳐 보인 주필의 얼굴에는 아직 가시지 않은 홍분이 서려 있었다.

"삼억 원이라, 웬만한 기획사에서는 삼억 원은커녕 삼천만 원이라도 내놓을 깜냥이 없을 텐데 정말 놀랍습니다."

"그렇지. 방송국 관계자들도 놀랍기는 마찬가지라고 하니 애초에 KBC와 계획된 일도 아니었다는 건데, 김 국장 자네라면 그렇게 할 수 있겠나?"

"에휴, 주필님. 신문사 국장 월급 가지고 어떻게 삼억 원을 떡하니 내놓습니까. 내 곧 죽어도 그렇게는 못 할 거요."

"만약, 김 국장 자네가 김대남 대표만큼이나 부자라고 해도 그 많은 돈을 떡하니 내놓을 수 있겠나? 아직 검증되지 않은 신인들을 뽑는 것인데 말이지."

주필의 물음에 국장은 입을 절로 다물 수밖에 없었다. 과연 제아무리 부자라고 한들 그러한 자리에서 용단을 내리는 것이 가능할까.

삼억 원은 결코 적은 돈이 아니거니와 더불어 아직 수익 창

출을 이뤄내지 못한 생짜 신인을 뽑기 위해 그 정도 돈을 쓴다는 것은 예사말로 미친놈 평가받기 딱 좋았다.

"주필님, 제가 그 정도 배짱이 있겠습니까. 미치지 않고서야 불가능한 이야기죠. 하지만 불가능을 이뤄내는 이들이 시대를 바꾸지 않습니까. 그런 의미에서 김대남 그 친구 정말 대단합니다."

"물건은 물건이야, 검찰 평검사 때부터 그렇게 거침없더니 기획사 대표가 되고 나서도 그 화제성은 전혀 죽지 않았어. 오히려 장작불처럼 더 불타오르고 있지. 김 국장, 난 요즘 김대남 그 젊은 친구만 보면 가슴 한편이 뜨끈뜨끈해져."

"말이나 마십쇼, 그런 걸출한 친구가 이십 년만 더 일찍 태어났더라면 지금쯤 대통령을 하고 있을지도 모릅니다. 젊디젊은 나이에 그토록 불세출의 기개를 내뿜는 걸 보면 중년이 되어서는 어떤 모습일지 상상도 가지 않지요. 안 그렇습니까?"

김 국장의 물음에 주필은 중년이 된 김대남을 머릿속에 떠올려보았다. 지금도 이토록 대단한 행보를 보이고 있는데 시간이 더 흐르면 어떠할까, 가히 상상조차 되지 않았다. 결국 주필은 단 한마디로 대남을 정의했다.

"전설이지."

"다음 참가자 올라오세요."

'대국민 오디션'의 보조 진행을 맡은 조연출이 손짓하자 세트장 위로 다음 참가자가 걸어 올라갔다.

벌써 세 시간에 걸친 고된 여정이었다. 대어가 나타날까 세트장 주위를 기웃거리던 연예부 기자들도 이제는 손을 놓은 채 쉬고 있었다.

하지만 심사위원석에 앉은 곽열 감독의 얼굴은 지친 기색 하나 보이지 않았다.

'신묘하다.'

수십 년에 걸친 세월을 영화에 바쳤다 해도 과언이 아니었다. 한평생을 연기를 보아오며 살아왔지만 이처럼 자신의 온몸을 옭아매는 기분은 처음이었다.

전혀 조미료가 가미되지 않은 날것 그대로의 연기가 계속되자 곽열 감독의 눈은 점차 생기가 감돌았다. 기교 없는 연기는 신선함으로 다가와 의식의 경종을 울렸다.

"연기를 어디서 배웠습니까?"

곽 감독의 물음에 세트장 중앙에서 짧은 단막 연기를 펼치던 중년인이 머리를 긁적이며 답했다.

"배운 적은 따로 없습니다. 고등학교 때 친구들끼리 잠깐 동아리 활동한 게 전부지예. 그 뒤로는 사는 게 바빠서 해본 적이 없는데…… 좀 보기 그랬지예?"

"아닙니다. 정말로 좋았습니다."

손사래 치는 중년인을 향해 곽 감독은 진심으로 흡족한 미소를 지어 보였다.

'대국민 오디션'이 시작되고 곽 감독이 처음으로 출연자를 향해 칭찬하자, 카메라 감독이 급히 곽 감독의 얼굴을 줌인했다.

"혹시, 다른 연기도 해볼 수 있겠습니까?"

"어떤 연기를……?"

"각본에 짜인 연기 말고, 하고 싶은 연기를 해보세요."

방금까지 황금양 측에서 준비한 간단한 각본을 받고 연기에 임했던 출연자는 갑작스러운 주문에 당황한 눈치였다. 하지만 그것도 잠시, 이내 자세를 잡았다. 그 모습에 옆자리에 앉아 있던 고지원의 눈매도 흥미롭게 휘어졌다.

"살려주이소. 제발 살려주이소."

출연자의 눈가에는 어느새 닭똥 같은 눈물이 맺혀 흐르고 있었다. 심사위원석을 비추고 있던 카메라가 급히 출연자를 향해 고개를 돌렸다.

규격에 얽매이지 않는 연기 속에서 출연자는 무언가를 끌어내고 있었다.

"의사 선생님, 제발 우리 어무이 살려주이소."

그가 끌어낸 것은 한 사람의 인영이었다. 가녀리고 가냘파

한 줌의 공기만큼이나 가벼운 노모였다.

무대 위는 분명 중년의 출연자 한 명뿐이었지만 눈을 의심케 할 정도로 절절한 연기가 계속되었다. 출연자는 심사위원석을 향해 마치 울부짖듯 외쳤다.

"가망이 없다니! 그게 무슨 소립니꺼! 우리 어무이 이렇게 보낼 수 없어예. 이렇게 돌아가시면 내도 같이 죽을랍니더. 평생 고생만 하다가 가버리면 우짜란 말입니꺼. 효도할 수 있는 기회는 주야지…… 요. 제발……."

출연자의 목은 어느새 쉬어버렸는지 쇳소리가 나기 시작했다. 마지막 말마디가 흩어짐과 동시에 고개마저도 힘없이 떨구어졌다. 세트장 위에는 구슬픈 한 남자의 울음소리만이 가득했다.

짧은 시간이었지만 기성 배우들도 쉽게 재연하기 어려울 만큼의 집중도가 높은 연기였다. 세트장을 지켜보던 PD의 눈가는 어느새 글썽글썽해져 있었다.

"실례지만 어머니가 돌아가셨을 때를 떠올리신 겁니까?"

곽 감독이 무대 위에 무너지듯 주저앉아 있는 출연자를 향해 조심스레 물었다. 연기 경력이 없는 일반인이 저 정도의 절절한 연기를 선보이려면 경험에 의지할 수밖에 없다는 생각 때문이었다.

세트장에는 고요한 적막감만이 감돌았다. 출연자는 무릎

을 털어 보이며 자리에서 일어났다.

"아니예, 정정하십니더."

"예?"

"우리 어무이 정정하십니더. 저보다 팔 힘도 좋으시고 풍채도 좋으셔가 병원 신세 한 번 지신 적 없으신데예."

"그, 그럼 방금 연기는?"

"아, 며칠 전에 본 주말연속극에서 주인공 어무이가 돌아가시는 장면 본 게 기억나서 한번 해본 긴데 이상했는교……?"

"……!"

출연자의 말에 곽 감독이 크게 웃음을 터뜨려 보였다. 긴장되고 무거웠던 세트장의 분위기가 한순간에 돌변했다.

PD는 눈을 빛내며 세트장을 바라보았다. 카메라 감독도 같은 마음인지 장면 하나하나를 놓치지 않고 담아내고 있었다.

'대박이다!'

연기를 배워본 적 없는 생짜 신인의 걸출한 연기는 물론, 곽 감독과 출연자 간에 이뤄진 대화는 방송을 시청할 시청자들에게 큰 흥미를 주기에 충분했다. PD는 눈매에 맺힌 눈물을 소매로 훔쳐 보이며 쾌재를 부르짖었다.

고된 녹화의 연속 중 다가온 달콤한 휴식 시간에 스태프들은 긴장되었던 몸을 풀어 보였다.

심사위원석에 앉아 있는 곽 감독의 얼굴에는 아직도 열기가 가시지 않은 상태였고, 고지원 또한 상념에 빠진 듯한 모습이었다.

"성과는 있었습니까."

갑작스레 들려오는 목소리에 두 사람이 동시에 고개를 돌렸다. 그곳에는 언제 왔을지 모를 대남이 서 있었다.

"있다마다. 김 대표, 자네도 우리와 함께 이 자리에 있었다면 입이 다물어지지 않았을 게야. 내 평생 이토록 신선함을 느낀 경우는 처음이지. 마치 영화를 처음 배웠던 수십 년 전 그때의 두근거리던 시절로 돌아간 기분이야. 정말 뮤즈를 찾을 수도 있을 것 같군."

"고지원 씨는요?"

대남의 물음에 고지원은 다시 상념에 빠져들었다. 신인들에 비해 자신이 가지지 못한 것이 무엇일까. 분명 대남은 고지원을 가리켜 롱런할 수 없는 배우라 했다. 하나 이번 기회를 통해 그 평가가 달라질 것이라고도 했다.

"좀 더 고민해 봐야 할 것 같아요."

고지원은 언제 그랬냐는 듯 새침데기처럼 말을 하고는 다리를 꼬아 보였다. 대남은 그럴 줄 알았다는 듯 옅은 미소를 지으며 남아 있는 심사위원석에 올랐다.

"예선에는 자네가 심사를 보지 않는다고 하지 않았나?"

"첫 녹화인데 그래도 대중들에게 얼굴은 한번 비춰야지요."

대남의 말에 PD의 입꼬리가 찢어질 듯 말려 올라갔다. '대국민 오디션'이라는 프로그램 자체만으로 화제성이 넘치긴 했지만 대남이 심사위원석에 앉아 있는 모습이야말로 화룡점정이었기 때문이다.

"녹화 재개하겠습니다, 출연진분들 준비해 주세요!"

조연출이 세트장 이곳저곳을 누비며 목청이 터지라 외쳤다. 부산했던 세트장에 다시 녹화 촬영이 가지는 특유의 긴장감과 긴박함이 흐르기 시작했다. 기자들 또한 대남의 등장에 눈을 빛내며 촬영을 지켜보았다.

"출연자분 올라와 주세요."

조연출의 말에 세트장 위로 올라온 이는 이십 대의 여자였다. 섬섬옥수라는 말이 어울릴 정도로 팔다리가 길었으며 유난히 희었다. 어찌 보면 창백하다 할 수 있을 정도였기에 아름답기 이전에 유약해 보였다.

그녀는 심사위원석에 앉은 곽열 감독과 고지원을 제대로 쳐다보지 못할 정도로 온몸을 떨고 있었다.

"괜찮습니까, 유한나 씨."

그 순간, 대남의 목소리가 세트장 위에 울려 퍼졌다. 그녀는

그제야 정신을 차렸는지 짧게 호흡을 가다듬고는 겨우 고개를
끄덕이며 말했다.

"네, 네."

전형적인 무대 공포증의 모습에 고지원이 고개를 저어 보였
다. 곽 감독 또한 마찬가지였다.

제아무리 미모가 뛰어나다고 한들 연기가 되지 않는다면
병풍에 불과했다. 더욱이 황금양은 외모보다는 실력 그 자체
에 중점을 두고 있는 기획사였다.

"연기를 배워본 적은 있어요?"

고지원이 그녀를 향해 퉁명스럽게 물었다. 그녀는 고지원의
물음에 숨이 멎은 듯 두 눈을 크게 떠 보이더니 이내 쥐 죽어
가는 목소리로 대답했다.

"따, 따로 배워본 적은 없지만 평소에 고지원 선배님이 출연
한 영화들을 보며 독학했습니다."

"독학이라……. 내 연기가 그렇게 쉽게 따라 할 수 있는 수
준이 아닐 텐데?"

"죄송합니다. 저는 그런 의미로 말하려 했던 게 아닌데……."

고지원은 아역 시절부터 험난한 영화계에 몸담아오고 있었
다. 그렇기에 영화계가 얼마나 혹독한 곳인지 뼈저리게 알고
있었다. 외모만 뛰어나고 연기 실력이 뒷받침되어주지 못한다
면 살아남을 수 없는 곳이다. 아니, 냉혹하게 말하면 대본집을

들 게 아니라 술 시중을 들 게 뻔했다. 애초에 화려한 스포트라이트만을 좇아 노력 없이 온 이에겐 이처럼 가혹한 말을 해주는 것이 나았다.

"유한나 씨, 그렇게 떨 필요 없습니다. 본인이 했던 연기를 그대로 보여주면 되는 겁니다."

하나, 대남의 눈은 흥미롭게 유한나를 바라보고 있었다. 고지원은 그런 대남의 호의가 고까웠으나 어쩔 수 없다는 듯 고개를 들어 보이고는 말했다.

"한번 해보세요."

마치 제대로 된 연기를 보여주지 않으면 다시는 입에 연기라는 단어를 올리지 못하게 하겠다는 듯 차가운 고지원의 목소리가 세트장을 울렸다.

카메라 감독은 세트장 위에서 떨고 있는 유한나의 모습을 줌인했다. 그러한 모습에 세트장의 대부분이 유한나의 낙방을 점치고 있었다.

하나 차가운 적막감만이 감돌던 그 순간, 반전이 일어났다.

세트장 위의 가냘파 보이던 소녀의 눈빛이 갑작스레 돌변했다. 늘어져 있던 소녀의 눈매는 한없이 치켜 올라갔고 힘없어 보이던 입꼬리 또한 사정없이 비틀어졌다. 눈에 서려 있던 유약함은 어느새 표독스러우리만큼 날카로워져 있었다.

"너 지금 얻다 대고 그런 개소리야!"

심사위원석을 향해, 정확히는 고지원을 향해 손가락질하던 그녀가 곧장 고개를 돌려 정면 카메라를 응시했다. 그녀는 언제 그랬냐는 듯 입에 사근사근한 미소를 띠고는 말을 이어나갔다.

　"우리 아들 왔니, 오늘 참 힘들었지? 밖에서 일하느라 얼굴이 반쪽이 다 됐네…… 집에서 하릴없이 빈둥거리는 네 아내는 참 팔자도 좋다. 좋아."

　유한나는 눈을 흘겨 고지원을 슬쩍 쳐다봤다. 잠깐이었지만 아들을 향했던 다정한 어머니의 시선에서 마치 찢어 죽일 듯 살기 어린 시선이 교차하는 것을 심사위원석에 앉아 있던 세 사람은 동시에 느꼈다.

　"어휴."

　카메라를 향해 사근사근 미소를 지어 보이던 유한나가 어느새 한숨을 쉬고는 고개를 휙 하니 돌렸다.

　가냘프고 쓰러질 것 같았던 그녀는 더 이상 그 자리에 없었다. 온몸에서 한기를 뿜어대듯 심사위원석을 향한 그녀의 시선에는 분노라는 감정 하나밖에 남아 있지 않은 듯했다.

　"너는 도대체 언제까지 그럴 거니? 네 신랑 피를 쫙쫙 빨아 먹는 것도 모자라서 이제 나까지 죽이려는 거야 뭐야! 집에서 고분고분하게 밥이나 차릴 것이지, 바깥 일에 그리 신경을 쓰니 네 신랑이 일을 제대로 못 하는 거 아니야! 시모는 부모도 아니니? 얻다 대고 지금 눈알을 부라려!"

신랄하게 쏟아지는 유한나의 목소리는 세트장을 까랑까랑하게 울릴 정도로 날카로웠다. 무대를 지켜보던 스태프들조차도 학을 떼며 혀를 내둘렀다. 전형적인 고부갈등 속 시어머니의 모습이었다.

"그래서요, 내가 무슨 잘못을 했는데요? 그럼 평생을 이 좁은 집구석에서 갇혀 살라는 거예요? 그게 정말 어머니가 바라는 모습이냐고요!"

그 순간, 고지원이 심사위원석에서 벌떡 일어나 언성을 높였다. 갑작스러운 돌발 행동에 PD의 눈이 휘둥그레졌다. 심사위원석에 앉아 있던 대남과 곽열 감독은 더할 나위 없는 흥미로운 구경에 시선을 고정했다.

"뭐? 지금 너 나한테 뭐라 그랬니? 돈도 한 푼 못 벌어오는 애가 어딜 기어나가겠다고!"

"……!"

의외였다. 연기를 배워본 적 없다던 유한나가 고지원의 즉흥 연기를 받아치고 있었다. 카메라 감독은 놓치지 않고 그 둘의 모습을 한 장면에 담아냈다. 고지원은 비릿한 미소를 지어 보이며 유한나를 노려보았다.

"아니, 어머니. 제가 지금 집에서 놀고먹는 거로 보이세요? 집안일은 제가 도맡아서 하고 있고, 말은 똑바로 해야 할 게 애초에 그이 벌이보다 제 연봉이 더 많았어요. 처음부터 전업주부 하라고 했던 건 바로 어머니세요. 벌써 잊으셨어요? 참, 요즘은 치매도 빨리 온다더니."

유한나는 잠깐이나마 충격을 받은 모습이었다. 그 이유가 예정에 없던 고지원의 대사 때문일지 아니면 지금도 연기를 하고 있는지 가늠이 되지 않았다.

그 순간, 유한나가 고개를 휙 돌리고는 다시 정면 카메라를 응시했다. 그녀의 눈에선 이미 닭똥 같은 눈물이 뚝뚝 흘러내리고 있었다.

"아들…… 네 마누라가 저렇다. 내가 가방끈이 좀 짧기로서니 너 없을 때마다 저렇게 무시를 해…… 무시를…… 정말 서러워서 살겠니, 차라리 요양병원에 들어가 있는 게 훨씬 마음이 편하겠어! 나는 더 이상 저런 불여시랑은 같이 못 산다 못 살아!"

애처롭게 눈물을 흘리다 자리에 무너지며 울부짖듯 카메라를 향해 절규하는 그 모습은 보는 이로 하여금 섬뜩한 기분마저 들게 했다.

짝짝짝-

곽 감독은 자리에서 일어나 유한나를 향해 박수갈채를 보냈다. 그 모습에 유한나가 급히 눈물을 옷소매로 훔치고는 자리에서 일어났다. 심사위원석의 고지원 또한 유한나를 향해 제법이라는 표정을 짓고 있었다.

"유한나 씨의 외형을 보고 대본 속 시어머니의 모습을 소화해 낼 수 없을 것이라 미리 단정 지었던 제 자신이 부끄럽군요. 또한 즉흥 연기는 정말 좋았습니다. 대단했어요. 연기 경험이 전무한 일반인이 사람들과 카메라가 있는 자리에서 이만한 퀄리티의 연기를 보여줬다는 것은 박수받아 마땅하지요."

곽 감독의 말에 유한나는 상기된 표정을 지어 보였다. 본선 진출이 유력한 가운데, 대남이 그녀를 향해 운을 띄웠다.

"유한나 씨."

"네, 네!"

갑작스러운 대남의 부름에 그녀는 몹시도 놀란 눈치였다. 그도 그럴 것이 연기가 끝나고 나서도 대남은 아무 말도 하지 않은 채 자리를 지키고 있었기 때문이다.

"연기를 무엇이라 생각합니까?"

원초적인 물음이라고도 할 수 있는 질문이었다. 하지만 질문의 주체가 대남이었기에 모두가 숨죽였다.

유한나는 잔뜩 긴장된 표정으로 곰곰이 생각을 거듭하다 말했다.

"살아갈 수 있는 수단입니다."

"삶의 이유라는 말입니까?"

"아니요……. 정확히 말하면 제가 돈을 벌 수 있는 수단이에요. 동생의 병원비가 꽤 많거든요. 웬만한 일로는 감당이 안 되니까…… 연기를 하려는 거예요. 속물이라고 해도 어쩔 수가 없습니다."

솔직한 발언이었다. 방송 촬영이라는 것을 감안한다면 속사정을 포장해도 되었으련만 그녀는 그럴 생각이 없어 보였다.

세트장 주위로는 그녀의 말에 수긍하는 이도 있는 반면, 혀를 차는 이들도 있었다. 심사위원석에 앉은 세 사람은 그녀의 진심이 느껴졌는지 더 이상 캐묻지 않았다.

"유한나 씨."

대남의 부름에 그녀의 고개가 들려졌다.

"황금양으로 오시죠."

[녹화 첫 촬영! 파격 제안, 일반인에게 황금양 입사 제의!]
['대국민 공개 오디션' 신인들의 파란!]
[김대남 대표를 사로잡은 유한나, 그녀는 누구인가!]

'대국민 오디션'은 그 이름값만큼이나 녹화 첫날부터 많은 화제를 낳았다.

특히 대남이 직접 일반인 출연자에게 황금양 입사 제의를 한 것은 신문을 보던 이들의 탄성을 자아내게 했다. 예정에 없던 대남의 돌발 출연과 더불어 수상을 하지 아니하고도 황금 양에 입사할 수 있다는 기대심리는 '대국민 오디션'에 집중된 관심을 더욱 폭발적으로 끌어냈다.

"이런 기세라면 첫 방영부터 엄청나겠는데요."

PD는 조간신문을 수놓은 기사들을 보며 입꼬리를 귀에 걸었다. 첫 방영도 아니고 녹화 촬영부터 이렇게 세간의 관심을 끌어모으고 있으니 실질적인 본방송이 이뤄지는 날에는 어떠할지 감조차 잡히지 않았다.

"김 PD, 이대로만 가면 대박이겠어."

지나가던 동료 PD가 김 PD를 보며 부러운 듯 넌지시 말을 걸었다.

"그나저나 어제 녹화 날 김대남 대표가 심사위원석에 앉은 건 다 연출이었지?"

"아니, 우리도 김 대표가 직접 올 줄은 꿈에도 몰랐다고. 기껏해야 녹화 막바지에 와서 간만 볼 줄 알았는데. 그대로 심사위원석에 앉아 현장 캐스팅까지 할 줄은 정말 몰랐어. 왜 시사국 사람들이 김대남 대표보고 시청률의 귀재라고 하는지 알 것 같더군."

PD는 정말로 감복한 표정을 지어 보였다. 대남은 방송 출연에 적합화 된 인물이라고 해도 손색이 없었다. '시사 쟁점 토론'

을 촬영했던 시사·교양국 스태프들의 말처럼 시청률의 귀재라는 별칭이 아깝지 않았다. 웬만한 작가들은 상상치도 못했던 그림을 직접 보여주는 사람이니 말이다.

"그나저나 김 PD, 이 팀 막내 PD는 어디 갔어? 오늘 같은 날이면 편집하느라 눈코 뜰 새 없을 텐데 말이야. 자네가 편집을 도맡아서 하다니 의외야."

"편집 영상에 덧붙일 인터뷰 따러 갔어."

"인터뷰?"

동료 PD의 의아한 물음에 김 PD의 입가에 미소가 맺혔다.

'대국민 오디션'의 촬영을 맡은 기획팀 막내 PD 김수경은 카메라맨과 함께 아침부터 황금양을 찾았다.

황금양의 외관을 살펴보던 김수경의 입이 떡하니 벌어졌다. 듣던 대로 외관 하나는 웬만한 기획사가 가히 명함을 내밀지 못할 수준이었다.

하지만 놀라움은 거기서 끝이 아니었다. 건물 내부로 들어서고 나니, 김수경의 눈은 신문물을 마주한 조선 사절단과 같이 휘둥그레져 있었다.

"안, 안녕하십니까. '대국민 오디션' 기획팀의 막내 피디 김수경입니다. 대표님을 뵙게 돼서 영광입니다!"

김수경은 대표실에서 목도한 대남을 향해 먼저 고개 숙여 보였다. 촬영 현장에서 어깨너머로 본 적은 있지만 대남을 이 토록 가까이서 보는 것은 처음이나 마찬가지였다.

사람의 뒤에서 후광이 난다면 이러할까, 김수경은 대남의 모습에서 눈을 떼지 못했다.

"인터뷰를 하기 위해서 왔다고요?"

덩달아 짧게 묵례로 인사한 후 말을 잇는 대남이었다.

"네, 아무래도 어제 녹화장에 등장하신 것 때문에 기사가 많이 났지 않습니까, 저희 제작팀에서는 첫 방송의 말미에 대 표님의 인터뷰를 붙여서 내보내면 파급효과가 더 좋을 거라 생각했습니다."

대남이 짧게 고개를 끄덕여 보이자 카메라가 삽시간에 설치 되었다. PD는 미리 준비했던 인터뷰 질문지를 꺼내 바라보았 다. 카메라맨은 두 사람의 모습을 와이드하게 잡아내면서 그 림을 만들어냈다.

"김대남 대표께서는 녹화 첫날 이례적으로 일반인 출연자 중 유한나 씨에게 황금양 입사 제안을 하셨는데 어떠한 이유 때문인지 알 수 있을까요?"

"가능성을 보았습니다."

"가능성이라, 구체적으로 말씀해 주실 수 있나요?"

"저는 연기를 배워본 적도, 공부한 적도 없는 사람입니다. 다만 황금양의 대표로서 사람 보는 안목 하나만큼은 자신합니다. 유한나 씨에게선 다른 일반인 출연자들에겐 보지 못했던 가능성을 엿볼 수 있었습니다. 비단 '대국민 오디션'에서 수상을 해야만 황금양에 입사할 수 있는 것은 아닙니다. 말 그대로 무한한 잠재력을 가지고 있고, 그것을 실현할 만큼의 절실함이 있다면 전 그게 누가 되더라도 영입을 고려할 것입니다."

"……!"

대남의 말에 PD가 놀라움을 감추지 못했다. 대남의 돌발 행동이 비단 단발성에 그치지 않을 것이라는 예상은 있었지만 이토록 인터뷰를 통해 제2, 제3의 유한나가 등장할 수도 있다는 암시를 직접 해줄지는 몰랐기 때문이다.

"황금양의 위세가 현재 대한민국 배우 기획사 중에서는 최고를 달리고 있는데 이를 실감하고 계십니까?"

"실감하기보단, 황금양을 좋게 생각해 주시는 수많은 분께 이 자리를 빌려 감사하다는 말씀을 드리고 싶군요."

"또 연예계 사건 사고에 대한 김대남 대표님의 생각을 들어보지 않을 수가 없겠습니다. 현재 白기획사의 백창우 대표가 검찰 조사를 받고 있는 입장입니다. 이런 광경을 두고 어찌 보면 경쟁 기획사인 김대남 대표님의 생각은 어떠신지 궁금하군요."

"결국에는 인과응보라 할 수 있지 않겠습니까."

"……!"

대남의 직설적인 화법에 PD가 곧장 입을 벌렸다 닫았다. 인터뷰지를 한참이나 쳐다보던 PD는 결심한 듯 대남을 향해 물었다.

"김대남 대표님께 한 가지 더 묻겠습니다. 白기획사와 더불어 방송업계에서 이름을 날리고 있는 S기획사에선 황금양의 이 같은 독주를 두고 반짝하는 별이라 평가했는데 어떻게 생각하시는지요."

S기획사는 白기획사와 마찬가지로 기존 대한민국 기획사 업계를 양분하고 있던 오래된 줄기 중 하나였다. 한데 白기획사가 무너지고 황금양이 독주를 시작하니 S기획사의 존재감이 옅어졌다. 하지만 아직까지 그 입지는 무시 못 할 수준이라는 것이 사실이었다.

"S기획사라."

대남은 뜻밖의 질문에 잠깐 고민하는 듯싶더니 이내 말했다.

"거기도 깨끗하진 않은데?"

인터뷰를 맡은 막내 PD의 눈매가 순간 일그러졌다. 일말의 예상도 하지 못한 답변이었기 때문이다. PD가 급히 표정을 수습해 보이고는 대남을 향해 되물었다.

"S기획사의 발언에 호전적인 반응을 보일 것이라 예상은 했지만 역시나 거침없는 답변의 김대남 대표이십니다. 그런데 깨끗하지 못하다? 혹 그 말이 의미하는 바를 좀 더 자세히 알 수 있을까요……?"

PD의 조심스러운 물음에 카메라맨마저 덩달아 긴장하며 카메라를 쥔 손에 힘을 실었다. 대남은 그들의 시선을 묵묵히 받아내며 말했다.

"과거 白기획사와 더불어 S기획사는 대한민국 기획사 업계를 양분했다고 해도 과언이 아닐 정도로 막강한 영향력을 지닌 곳이었습니다. 시대가 흘러 입김이 이전보다 약해졌다고는 하지만 아직도 방송업계에서는 다섯 손가락 안에 들어가는 곳이지요. 한 그늘 아래 두 개의 태양이 있을 수 없는 법이지만 두 기획사는 서로의 영역을 침범하지 않은 채 잘 지냈습니다."

PD의 고개가 절로 끄덕여졌다. 그 또한 이제 막 방송국에 발을 들인 신입 PD이긴 하지만 방송가에서 白기획사와 S기획사가 미치는 저력을 모르지 않았다.

대남은 인터뷰 카메라를 응시하며 말을 이어나갔다.

"두 기획사가 그렇게 평온하게 잘 지낼 수 있었던 것은 白의 백창우 대표와 S의 서상욱 대표가 호형호제하는 사이였기 때문입니다. 여기서 짚고 넘어가야 할 점은 백창우가 성 접대를 비롯한 횡령을 저질러 현재 검찰에 가 있다는 사실입니다. 방송가에는 그러한 기획사의 횡포가 횡행하지요. 그런데 이것이 비단 白기획사에만 국한된 문제일까요?"

"……!"

PD는 쉽사리 입을 뗄 수가 없었다. 대남은 그 모습을 보며 옅은 미소를 지어 보였다.

"옛말에 이런 말이 있지요. 먹을 가까이하면 검어진다 해서 근묵자흑이라, 조만간 서상욱 대표도 긴급속보로 마주할 수 있지 않을까 생각되는군요."

'대, 대박이다.'

PD는 대남의 호쾌한 돌직구에 지레 숨을 들이켰다. 인터뷰가 이뤄지는 대표실에 잠깐이었지만 정적이 흘렀다. 생방송 중이었다면 방송사고와 맞먹는 이벤트였을 테지만, 녹화로 이뤄지는 인터뷰 촬영이기에 PD는 안도하며 이마에 송골송골 맺힌 땀을 휴지로 급히 닦아냈다.

"죄, 죄송합니다. 제가 너무 놀라서 그만."

"괜찮습니다. 질문은 더 이상 없으신 겁니까?"

대남의 질문에 PD는 인터뷰지를 급히 내려다보았다. 수많은 질문이 있었지만 이 중에 단 하나를 꼽자니 질문거리가 영 시원찮았다. PD는 고개를 들어 정면에 앉은 대남을 응시했다.

20대의 청년이었지만 아이러니하게도 청춘들의 롤모델로 가장 많이 손꼽히는 인물이기도 했다. PD 또한 대남의 검사 시절, 그의 기사들을 보며 얼마나 호쾌해했던가.

"마지막 질문은 인터뷰지에 나와 있는 것이 아닌 제 개인적인 궁금증에서 기인한 것인데 실례가 되지 않는다면 질문하고 싶습니다."

"괜찮습니다."

대남이 미소를 지으며 고개를 끄덕여 보이자 막내 PD 김수경이 침을 꿀꺽 삼키고는 입을 뗐다.

"김대남 대표께서는 검찰 시절 무소불위의 권력을 휘두르던 재력가들을 비롯해 권력가들을 지위의 고하에 상관없이 성역 없는 수사를 보여주셨습니다. 저 또한 그 모습에 감탄하며 내심 김대남 검사가 검찰총장을 역임하는 그 날이 다가오기를 고대하기도 했습니다. 하지만 현재는 한 회사의 대표님이시죠. 김대남 대표님. 앞으로……."

PD가 대남을 향해 눈을 빛내며 물었다.

"어떠한 기적들을 보여주실 건가요?"

"기적이라."

예상외의 질문이었기에 대남은 짐짓 질문을 되뇌고는 눈을 감아 보였다. 짧은 시간이었지만 눈을 감은 사이 머릿속으로는 그간 검찰에서 겪었던 일련의 일들이 스쳐 지나가고 있었다.

"누군가는 반골 기질의 치기 어린 어리석음이라 손가락질했고, 또 다른 이는 기적이라 평가를 해주니 만감이 교차하는군요. 김수경 PD라고 했나요?"

"네, 네, 그렇습니다."

"황금양이 의미하는 바를 아십니까?"

PD는 대답을 하지 못했다. 그의 얼굴에는 고민하는 기색이 역력했다. 황금양이라는 기업은 겉으로 보이기에는 불가사의하다 할 정도의 성장세를 보였다.

물론 그 이면에는 김대남 대표라는 후광이 존재했지만 그걸 감안하더라도 성공의 문턱이 좁디좁다는 배급업계에서 신생 기업으로서는 전무후무하다 할 정도의 성과를 보이고 있었다. 그러한 황금양이 의미하는 바라.

"이삭이 고개를 숙이고 노을이 지는 황금의 시간을 몰고 오는 것은 황금양이다. 로마의 철학자가 했던 말입니다. 황금빛 노을에 물든 구름의 무리를 보고 양이라 칭한 것이지요. 끊이지 않는 황금빛 양모를 뽑아내는 황금양은 어느 로마 철학자의 말처럼 이를 통하는 모든 사람에게 황금의 시간을 선사할 것입니다."

"황금의 시간⋯⋯."

PD는 저도 모르게 대남이 했던 '황금의 시간'을 나직이 읊어 보았다.

여태껏 수많은 기업이 있었다. 그러나 대부분의 기업이 사명으로 내걸었던 걸출한 의미와는 상반되는 행보들을 보여 왔었다. 하나 황금양은 달랐다.

대남의 말이 마치 달콤한 향신료처럼 PD의 오감을 자극했다.

"그렇다면 김대남 대표께선 어쩌면 벌써 황금양의 목표에 한 발자국 내디딘 것이나 다름없군요. '대국민 오디션' 자체가 그간 절실히 연기를 꿈꿔왔던 이들에겐 황금 같은 달콤한 시간이 될 테니까요. 보통의 기획사였다면 이러한 질문을 하지는 않았을 겁니다. 하지만 꼭 한 번 묻고 싶군요. 황금양의 목표는 어디입니까……?"

이어지는 뒷말에 PD가 감탄을 터뜨렸다.

S기획사 대표 서성욱은 아침부터 신문을 빼곡히 장식한 황금양 기사에 눈가를 찌푸렸다.

"재수가 없으려니."

절친한 지기였던 白기획사의 대표 백창우가 공개방송에서 대남에게 힐난을 당하듯 까 내려진 것도 분한데, 검찰에 긴급 체포까지 당하고야 말았다. 악재가 겹쳐도 제대로 겹친 것이다.

그런데 마치 모든 일의 원흉 같아 보이는 대남이 곱게 보일 리는 만무했다. 서성욱이 고개를 들어 기립해 있는 비서를 직시했다.

"김 비서, 김혜령 재계약 건은 어떻게 됐어."

"그, 그게……."

"왜 아침부터 재수 없게 말을 제대로 못 해!"

비서가 말꼬리를 흐리자 서성욱이 언성을 높여 보였다. 그 모습에 삐질삐질 진땀을 흘리던 비서가 힘겹게 말했다.

"김혜령 측에서 재계약은 검토치 않는 것으로……."

"뭐!?"

"김, 김혜령 재계약은 하지 않겠다 전해왔습니다……."

서성욱의 표정이 왈칵 일그러졌다. 김혜령은 S기획사가 보유한 하이틴 스타 중 가장 인기 가도를 달리고 있는 여배우였다. 향후 상품 가치를 생각해 술접대를 시킨 것도 아니었고, 불공정 계약을 작성한 것도 아니었다. 물론 훗날에 잡아먹을 심산으로 살살 약을 풀고 있는 거긴 했지만 말이다.

"김혜령이 갑자기 왜! 얼마 전까지만 해도 그런 말은 없었잖아, 분명 재계약을 긍정적으로 검토하겠다 했었다고!"

"그, 그게…… 황금양을 생각하고 있나 봅니다……."

"뭐어? 황금양?!"

"들리는 소문에는 이미 황금양과 컨택이 있었다는군요."

"……!"

서성욱의 얼굴이 머리끝까지 붉어졌다. 금방이라도 터질 것 같은 그의 관자놀이 핏대는 울퉁불퉁 튀어나온 채였다.

TV를 켜든, 신문을 보든 온통 황금양에 관한 이야기밖에 없었다. S기획사 과거의 명성은 바랜 지 오래였고 기존에 있던 배우들마저도 황금양에 뺏기지는 않을까 노심초사해야 할 판이었다.

"김대남이한테 전화 걸어!"

"네, 네!"

비서가 급히 전화기를 들어 보였지만 짐짓 뜸을 들이다 조심스레 말했다.

"저…… 대표님, 제가 김대남 대표 번호를 몰라서 그러는데……."

"황금양으로 걸면 될 거 아니야! 이 멍청한 새끼야!"

"……!"

황금양 데스크에서 통화가 이뤄지고 수십 분이 흐른 뒤에야 대남과 서성욱은 전화로나마 마주할 수가 있었다. 전화상으로 먼저 말문을 연 것은 다름 아닌 서성욱이었다.

"S기획사 서성욱이올시다. 피차 유명한 양반이니, 통성명은 따로 필요 없고 내 한마디만 하지. 어디서 그런 더러운 짓을 배워먹었는지는 모르겠는데, 내 배우를 빼가고도 무사할 거라 생각하나?"

-음, 무슨 개소리를 하는지 모르겠군요.

"……!"

서성욱과 대남 사이의 연배는 꽤 차이가 났다. 서성욱은 과거부터 방송업계에 몸담으며 대한민국 기획업계 기초를 다져왔던 사람이었다. 선배라면 선배라 할 수 있는 이의 면전에 대고 말하는 대남의 언행은 서성욱이 절로 목덜미를 부여잡게 만들었다.

"뭐어? 개소리?! 지금 김혜령이를 꼬드겨 놓고는 뭘 잘했다고 나이도 어린놈이 그런 망발이야!"

-꼬드겨냈다라, 황금양은 김혜령 씨와 계약을 맺은 적이 없는데 뭘 말씀하시는 건지 모르겠습니다. S기획사가 가지고 있는 문제점 때문에 김혜령 씨가 자발적으로 나왔다고는 생각하지는 않으십니까?

"……!"

문제점이라는 말에 서성욱이 대남의 얼굴이 대문짝만하게 나온 신문을 구겨 쥐고는 냅다 던져 버렸다. 금방이라도 터질 듯 부풀어 오른 목의 핏대는 노성을 토해냈다.

"문제점? 우리 회사가 가진 문제점이라고 했어? 그딴 게 존재할 리가 있을 것 같나!"

-제 입으로 말해드릴까요?

"오냐, 한번 해봐, 이 새끼야! 되도 않는 말을 씨부렸다가는 아주 아작을 내놓을 테니."

서성욱을 바라보는 비서의 얼굴에는 긴장감과 초조함이 뒤섞여 흐르고 있었다. 대표가 다혈질인 것은 익히 알고 있었지만, 혹여나 저토록 화를 내다 고혈압으로 쓰러지는 것은 아닐지 걱정이 되는 반면, 자신에게 튈 불똥을 생각하니 차라리 쓰러지기를 바라는 마음도 없지 않아 있었다.

그 순간, 전화기 너머로 대남의 목소리가 들려왔다.

-서성욱 대표님과 白기획사의 백창우 씨가 아주 친한 사이라죠? 白기획사는 꿈을 위해 한 발짝 내딛는 이들을 향해 사람이라면 할 수 없는 파렴치한 짓들을 했습니다. 성 접대는 물론이고 은밀한 제안까지 마다하지 않았죠. S기획사라고 다릅니까?

"……!"

-쉽게 대답하지 못하시는군요. 한번 부인해 보세요.

"증거라도 있어? 증거가 있냐고?"

-보통 죄가 없다면 억울함을 토로할 테지만 범죄자들은 증거의 유무를 찾기 바쁘지요. 제 생각엔 이러한 죄목에 횡령까지 더해질 것 같은데 틀렸습니까?

"……!"

서성욱의 얼굴이 잠깐이나마 시퍼렇게 질려 들어갔다. 하나 대남과의 개인적인 통화라는 사실을 깨달았는지 이내 언성을 높여 보였다.

"기획사를 운영하다 보면 비일비재한 일들을 가지고 무슨 사람이라도 죽인 것처럼 떠벌려대는 네놈의 아가리가 정말 역겹구나. 그래, 내가 그런 일들을 저질렀다. 하지만 물증이 없어. 네놈이 아직도 검사인 줄 아나 본데, 애송이 새끼야. 이 바닥이 그렇게 호락호락 하지가 않아요. 그따위로 살다가 제명에 갈 수 있을 것 같아?!"

서성욱은 전화기 너머 대남을 향해 속에 있던 온몸의 화를 쏟아내듯 쏘아붙였다.

하지만 그러한 협박에도 불구하고 이어진 대남의 대답에는 그 어떠한 감정의 동요도 느껴지지 않았다.

-맞습니다. 호락호락하지 않지요. 지금 KBC2 채널을 한 번 틀어보시죠.

갑작스레 TV를 틀어보라는 대남의 말에 서성욱의 머리 위로 의문이 피어올랐다. 서성욱이 비서를 향해 손짓하자 비서가 급히 대표실에 비치된 브라운관 TV를 켜보았다.

이윽고 KBC2 채널의 송출 화면이 보이자 서성욱의 얼굴이 시시각각 변하기 시작했다. TV 속 음성과 수화기 너머 대남의 목소리가 동시에 울려 퍼졌다.

"현재 생방송 기자회견 중입니다. 서성욱 씨."

기자들은 갑작스레 벌어진 해프닝에 입이 떡하니 벌어졌다. 생방송 기자회견 중 벌어진 대남과 S기획사 대표 서성욱의 통화는 하나도 빠짐없이 방송국 카메라를 통해 송출되고 있었다.

"특, 특종이다······!"

기자회견장을 가득 메운 기자들이 소스라치게 놀라며 소리쳤다. 그것도 그럴 것이 서성욱은 통화 중 대남을 협박한 것도 모자라 자신의 죄를 가감 없이 고백했다.

기획사 업계에서 거의 선두나 다름없는 S기획사 대표의 발언이기에 그 시선이 더욱 집중되었다.

대남은 지금쯤 TV를 시청하고 있을 서성욱을 향해 나직이 말했다.

"서성욱 씨."

대남의 목소리에 시장통 같던 장내가 순간 조용해졌다. 간간이 기자들의 목울대 사이로 침 삼키는 소리만이 스쳐 지나갔다. 전화는 끊어진 지 오래였지만 그 여운만은 그대로 남아 있었다.

"배우 관리를 논하기 이전에 정신부터 차리세요. 유능한 사업가면 뭐 합니까, 그전에 사람이 돼야지요."

"……!"

생방송 기자회견을 준비한 방송국 측에서도 이러한 일이 벌어질지는 미처 몰랐는지라 무척이나 당황스러워하고 있었다.

전 국민적으로 관심도가 높은 '대국민 오디션'을 위해 KBC가 기획한 생방송 기자회견은 전혀 예상치 못한 방향으로 흘러가고 있었다.

"김, 김대남 대표님!"

그 순간, 기자 중 한 명이 재빠르게 손을 들어 보였다. 그 모습에 동료 기자들이 아쉽다는 듯 탄식을 터뜨렸다. 보통 대남은 기자회견 중 돌발 질문이 있더라도 빼는 경우가 없었기 때문이다.

"방, 방금 통화했던 상대가 정말 S기획사 서성욱 대표가 맞는 것입니까!?"

"그렇습니다. 여러분들도 분명 들으셨지 않습니까?"

"그렇긴 하지만 잠깐의 전화로는 그 내용을 파악하기도 힘들고, 또 오보의 가능성도 있으니 대표님께서 정리해서 말씀해 주셨으면 합니다."

제아무리 양자 간의 대화가 생방송을 탔다고는 하나, S기획사쯤 되는 거물급 기획사를 건드릴 수 있는 연예부 기자들은 그리 많지 않았다. 더욱이 그 대상이 기획사에 소속된 인물도 아니고 무려 기획사 대표였다.

대남은 기자가 무엇 때문에 저렇게까지 발을 빼는지 알 것 같았다. 그야말로 뒤집어쓰기 싫겠지. 정면 카메라가 황급히 대남을 줌인했다.

"서성욱 대표는 별안간 자신의 배우가 재계약을 갱신하지 않고 황금양으로의 입사를 원한다는 점에 화가 났을 겁니다. 그렇기에 일면식도 없는 저에게 전화를 했고 협박도 서슴지 않았죠. 종국에는 자신이 S기획사를 운영하면서 해왔던 파렴치한 짓들을 스스로 말하기까지 했고요. 대형 기획사를 운영한다고 해서 그 안에 소속된 사람들을 자신의 장난감이라 생각하는 걸까요? 서성욱 씨에게 마지막으로 묻고 싶군요."

생방송 기자회견장에 자리한 기자들의 눈동자에 희열이 차올랐다. 딱 하나 아쉬운 것이 있다면 대남의 발언이 생방송을 통해 송출되었기에 이 자리에 참석하지 못한 기자들 또한 이 사실을 알 수 있다는 점이었다.

대남은 정면 카메라를 향해 단호히 물었다.

"자신이 범죄자라는 사실을 수많은 사람 앞에서 양심 고백한 심경이 어떠십니까?"

"……!"

놀랍다는 말 하나로는 설명되지 않을 만큼 장내에 자리한 모든 이들의 얼굴은 상기되어 있었다.

특히 가십거리를 먹고 사는 연예부 기자들에게 있어 '대형 기획사 대표의 범죄 스캔들'은 수많은 물고기를 몰고 오는 대형 떡밥 중의 떡밥이었다. S기획사가 白기획사의 전철을 따라 밟을 것이라 이 자리의 모두가 직감했다.

"이, 이게 도대체 어떻게 된 거야……."

수화기를 떨어뜨린 서성욱이 TV 화면을 바라보며 망연자실한 표정으로 중얼거렸다. 브라운관 너머에선 꼴도 보기 싫은 대남이 자신의 죄를 또 한 번 입증해 주고 있었다.

확인사살이나 마찬가지였다. 말꼬리를 흐리던 서성욱이 급히 눈앞의 비서를 응시했다.

"막아, 당장 막으라고!"

"대, 대표님 그게 지금 당장 생방송으로 송출되는 기자회견을 어떻게 막…… 으라고……."

"야, 이 쌍놈의 새끼야, 뭔 말이 그렇게 말아! 하라면 하라고! 모가지 잘리고 싶어?!"

서성욱이 눈에 불을 켜며 비서를 노려봤다. 하지만 얼마 되지 않아 제풀에 지친 건지 서성욱이 의자 위에 무너지듯 주저앉았다.

비서를 노려본다고 해서 문제가 해결되지는 않을 것이란 것 쯤은 알고 있다. 이럴 때일수록 냉정하게 주위를 돌이켜보며 해결 방안을 모색해야만 한다.

"김 비서, 지금 당장 어떻게 해야 할 거 같…… 너 지금 뭐 해!"

서성욱이 눈이 화등잔처럼 커진 채로 비서를 바라봤다. 비서는 떨어진 수화기를 급히 주워 들고는 어디론가 전화를 걸고 있었다.

마른 입술을 쓸어 보이던 비서가 서성욱을 향해 쥐 죽어가는 목소리로 말했다.

"대, 대표님이 어떻게든 막아보라 하셔서…… KBC 측에 연락을 취하고 있었습니다……."

"에라이, 이 머저리 같은 새끼야! 이게 지금 전화 따위로 해결될 문제 같냐, 가뜩이나 생방송으로 송출되고 있는 걸 잘도 막아주겠다. 그리고 네가 무슨 수로 막을 건데 이 새끼야, 지금 저쪽에 기자들 쫙 깔린 거 네 동태 눈깔로는 안 보여?!"

서성욱이 어쩔 줄 몰라 하는 비서를 보며 한숨을 내쉬었다. 외사촌 중에 덜떨어진 녀석 하나 구원한다 치고 비서 자리에 앉힌 것이 잘못이었다.

그 순간, 인터폰이 울렸다. 서성욱은 온몸에 힘이 빠졌는지 자리에서 일어날 생각을 하지 않았다. 긴장된 모습으로 비서가 인터폰을 받아들었다.

"네, 넵. 계십니다."

단발적인 대답으로 전화가 끝난 가운데, 인터폰을 내려놓은 비서가 조심스레 말했다.

"대표님 지금 올라온다고 합니다."

"뭐? 누가……?"

"거, 검찰에서 왔다고 하던데……."

"내, 내가 여기 있다고 했어?!"

"네, 넵!"

"……!"

서성욱이 자리에서 벌떡 일어났다. 금방이라도 터질 듯했던 그의 얼굴이 검찰이라는 단어 하나에 어느새 새파랗게 질려 들어가고 있었다.

일분일초가 급박한 순간에 시간을 벌릴 틈도 없이 검찰이 들이닥쳤다. 서성욱은 자신 앞에 기립해 있는 김 비서를 향해 고함을 내질렀다.

"야 이 새끼야, 내가 여기 있다는 걸 말하면 어떡해!"

[S기획사 대표 서성욱, 성 접대와 횡령 혐의로 검찰 긴급체포!]
[S기획사 비주류 배우들 성 접대의 온상!]

[S와 白이 무너지고, 황금양이 뜬다!]

S기획사와 관련한 수많은 기사가 대한민국 전역에 도배되었다. 막내 PD 김수경은 하루아침에 무너져 버린 S기획사를 바라보며 혀를 찼다. 화무십일홍이라고 하지만 대한민국 기획사 업계를 양분하고 있던 S와 白이 이토록 무너져 내릴 줄은 꿈에도 상상치 못했다.

"김대남 대표."

PD가 혼잣말로 중얼 걸렸다. 모든 사건의 중심에 있는 남자였다. 자신이 착각했던 것인지도 몰랐다. 어떠한 기적들이 벌어질지 기대하기 이전에 이미 기적은 이루어지고 있었던 것이다.

방송가들은 이미 기획사 업계는 황금양이 독주하고 있다고 평가했다. 그만큼 황금양의 이미지와 대남의 명성을 뒤따라올 만한 곳은 없었다.

PD는 마치 살아 있는 전설과 함께한다는 생각에 손을 꼭 말아 쥐었다.

"촬영 5분 전!"

조연출이 '대국민 오디션' 세트장을 종횡무진하며 소리쳤다. 녹화 촬영이긴 하지만 세트장 한가운데서는 실시간으로 오디션이 벌어지는 만큼 장내에는 숨이 턱 막힐 만한 긴장감이 깔려 있었다.

심사위원석에 앉아 있던 고지원이 곽열 감독을 향해 넌지시 물었다.

"감독님은 어제 생방송 보셨어요?"

"보았지."

"저도 S기획사 제의가 들어오긴 했었는데 큰일 날 뻔했어요. 그런 의미에서 우리 대표는 정말 대단한 사람 같아요."

"자네는 김 대표와 사이가 안 좋았던 거로 기억하는데?"

고지원과 대남이 사이가 안 좋다는 사실은 과거 '삶의 체험 현장'이라는 예능프로그램에서 여실히 드러났다.

하지만 황금양에 고지원이 소속되고 난 후부턴 그런 소리가 기어들어 갔다.

고지원은 과거를 회상하며 고개를 저어 보였다.

"다 옛날 일이에요. 지금은 다르죠."

금일 오디션 심사위원석엔 대남이 없었다. 오늘따라 유난히 비어 보이는 자리를 보며 고지원의 눈매가 아른거리는 듯했다. 곽 감독은 그 모습을 지켜보며 말했다.

"황금양을 놓치지 말게. 나야 감독 수명이 얼마 남지 않은 늙은이지만 자네는 아직 무궁무진한 미래를 가진 배우가 아닌가. 수십 년 세월을 이 바닥에서 버텨왔지만 김대남, 그 친구 같은 이는 단 한 번도 본 적이 없네. 자네는 김대남 대표를 처음 보고 어떤 생각이 들었나?"

대남과의 첫 만남을 회상하는 고지원의 입가에는 옅은 미소가 자리했다. 영화계에 잔뼈가 굵어 유난히도 콧대가 높았던 자신을 유일하게 깎아내린 인물이 바로 대남이었다.

하나 웃기게도 그러한 인물에게 먼저 두 손 두 발을 든 것도 자신이었다. 그 이유는 간단했다.

"매력적이었어요, 남자로서."

서울중앙지검찰청 지검장실에선 때아닌 회포가 벌어지고 있었다. 지검장 이명학은 눈앞에 앉아 있는 대남을 바라보며 아주 흡족한 미소를 지었다.

"졸업한 지가 언젠데 그렇게 사건 사고를 일으켜서야 쓰나."

"사건 사고라니요, 저번 白기획사 때도 그랬고 이번에도 결국 제가 도움이 되지 않았습니까."

지검장으로서 기분 나쁠 수도 있는 발언이었지만 이명학은 호쾌하게 웃어 보였다. 검찰에서도 수많은 시선을 몰고 다녔던 이인데, 사회로 진출하고 나서도 그 화제성은 사그라들 기미가 보이지 않았다.

이제는 대남의 이름 앞에 붙었던 검사라는 명칭이 생각나지 않을 정도로 사업가로서의 면모를 제대로 보여주고 있었다.

"S기획사 대표는 어떻게 될 것 같습니까?"

"어떻게 되긴, 백창우랑 똑같이 쇠고랑 차게 됐지."

예상대로였다. S기획사와 白기획사는 쌍둥이라 표현해도 좋을 만큼 빼다 박아 있었다. 그 탓에 저지른 범법의 숫자 또한 무시 못 할 수준이었는데 여론이 여론이니만큼 백창우와 서상욱이 무슨 짓을 하더라도 빠져나올 방도는 없었다.

"그런데 제가 여기 있어도 되는 겁니까? 엄연히 외부인인데."

대남이 지검장을 향해 물어 보였다. 중앙지검을 방문할 계획은 없었다. 이명학 지검장의 갑작스러운 호출은 대남으로서도 의외였다.

대남의 물음에 지검장이 겸연쩍은 표정을 지어 보이며 말했다.

"자네가 어디 외부인이라고 할 수 있나, 중앙지검에서 보여 준 활약들이 아직도 특수부에선 전설처럼 내려올 정도야. 사법연수원에선 자네를 롤모델로 지향하는 연수생들까지 생겼다더군. 참 대단한 일이지."

지검장은 대남이 기특하다 못해 나이를 떠나 존경심까지 들었다. 일개 개인이 검찰에 남긴 반향은 실로 놀라웠다.

어찌 보면 지검장이라는 자신의 직책보다 더욱 많은 것을 해낸 이가 평검사 김대남이었다. 또한 이제는 검찰을 넘어서 대한민국 사회 전반적으로 영향을 끼치고 있는 모습에 절로 감탄이 터졌다.

"자네가 검찰을 나가고 나서도 말들이 많았지, 웬만한 곳에선 다 김대남이를 원했으니 말이야. 하지만 어디 호랑이가 고개를 숙이고 남 밑으로 들어갈 수 있겠나. 이렇게 황금양의 대표로서 도약한 모습을 보니 내가 다 기쁘군."

"지검장님께서 그렇게 칭찬해 주시니 감사할 따름입니다. 하나 그 말을 하시려고 저를 부르실 분이 아닐 텐데요."

"그래, 그뿐만은 아니지."

지검장의 성격을 잘 아는 대남이 대수롭지 않게 말하자, 지검장, 이명학이 의미심장한 미소를 지어 보였다.

"자네를 만나고 싶어 하는 분이 계시네."

지검장의 표정은 그 어느 때보다도 진지했다. 서울중앙지검장이 존칭을 쓸 만큼 높은 사람이 누굴까, 대남의 머릿속에는 이미 몇몇 사람이 스쳐 지나가고 있었다.

지검장은 흥미로운 시선으로 대남을 바라보며 말했다.

"과연 천하의 김대남이를 만나고 싶어 하는 사람이 누굴까 하고 생각하는 표정인데?"

대남은 짧게 고개를 끄덕여 보이고는 대답했다.

"그렇습니다. 지검장님의 평소 성격으론 개인적인 친분만으로 이런 자리를 만들지는 않으셨을 테니 말입니다. 확실하게 짐작되는 사람은…… 글쎄요."

"자네가 맨 처음 두각을 나타낸 게 언제지?"

지검장의 물음에 대남은 고개를 주억거렸다.

자신의 인생이 변환점을 맞이한 계기는 1987년 최루탄 냄새가 골목골목마다 자욱하던 그 시절이었다. 하지만 외부에 알려진 자신의 인생은 약간 차이가 있었다.

"학력고사에서 전국 수석을 했을 때는 사회적 반향을 일으키지는 않았으니, 아무래도 검찰 시보 생활을 하며 동부지검 검사장을 끌어내렸을 때가 아니겠습니까."

"그래, 잘 알고 있군. 검사도 아닌 일개 시보가 검사장을 끌어내린 것은 그야말로 전국의 검찰에게 크나큰 충격이었을 걸세. 팔은 안으로 굽는다는 조직문화의 최고봉을 달리는 검찰에서 동부지검 수장 역할을 하던 이가 시보에 의해 낙마했다는 소식은 말이야, 웬만해선 일어날 수 없는 일이니 말이지."

대남의 행보를 두고 그동안 검찰에선 수많은 말이 오갔다. 위험한 외줄 타기니, 자살행위라느니, 반짝하고 사라질 위선자라느니, 대남이 조직문화의 기강을 흩트린다 생각한 이들의 저주와도 같은 수식어가 있었지만 대남은 오히려 그들을 묵살시키며 압도적인 모습을 보여주었다.

"내곡동에서도 자네에 대한 관심이 많다는 사실은 알 테지."

"알고 있습니다."

"안기부 입장에서 자네를 컨트롤하기보다는 오히려 방목차는 것이 낫다고 생각했을 거야. 자네에게 협박이나 회유를 한다고 해서 알아먹을 위인이 아니라는 것을 일찌감치 안 것이지. 또 시대가 시대이다 보니 민심을 사로잡을 만한 영웅적인 인물이 대한민국에 필요한 것도 사실이고."

이제 막 군부정권에 대한 심판이 내려지려 하던 시대기에 과거의 억압은 아직도 국민들을 옭아매고 있었다. 이러한 때 혜성같이 나타난 김대남이라는 인물을 정부가 저들의 입맛대로 요리하기는 다소 부담스러웠으리라. 혹여나 대남이 잘못되기라도 한다면 80년대 있었던 일들이 다시 되풀이될지도 몰랐다.

"곧 있으면 청와대 주최의 기업인들의 만찬이 계획되어 있지. 국내에 내로라하는 기업가들은 빠짐없이 등장할 테고 대기업이라 할지라도 인정을 받지 못하면 그곳에선 명함조차 내밀 수 없을 정도로 대한민국 실권을 움직이는 권력가들의 모임이야."

"기업인들의 만찬이라, 아직 제가 낄 자리는 아닌 것 같습니다만."

"그래, 황금양이 떠오르곤 있지만 아직은 결과보다는 과정 쪽에 가까우니까. 하지만 이번에는 황금양의 대표라기보단 김대남이라는 인물 그 자체에 초점을 맞춰야 할 것이야."

청와대 기업인 만찬에는 대한민국을 좌지우지하는 재계의

거물들이 전부 모인다고 해도 과언이 아니었다. 흡사 그 모습을 금전의 지표로 표현하자면 대한민국 부의 전체가 한 자리에 밀집하는 것이나 마찬가지인 것이다.

그런 자리에 초대된다는 것이 얼마나 큰 뜻을 의미하는지 모를 수가 없었다. 지검장은 대남을 향해 나직이 말했다.

"그분이 직접 보기를 원하시네."

대남이 서울중앙지검을 방문하고 며칠이 지났을 무렵, '대국민 오디션'의 본방송 기일이 훌쩍 다가와 있었다.

황금양의 식구들은 주말이었지만 '대국민 오디션'을 다 함께 시청하기 위해 다 같이 황금양에 모인 상태였다. 수많은 인원을 수용할 수 있는 대회의실에는 이미 발 들일 틈이 없을 정도로 사람들로 빼곡히 들어차 있었다.

"주말인데 사람이 이렇게나 많다니, 석 팀장이 강제로 전부 출근시킨 거 아닙니까?"

대남이 장난스레 물어오자 석혜영이 급히 손사래를 치며 말했다.

"아, 아니에요. 대표님. 직원들 전부 '대국민 오디션' 첫 방송을 함께 보고 싶다고 자진해서 출근한 거예요. 제가 무슨 힘이 있다고……."

석혜영이 다급히 볼을 붉혔다. 그 모습에 대남이 엷은 미소를 지어 보였다.

"본방송 시작합니다!"

인사팀장의 외침에 직원들이 다급히 시선을 모아 프로젝트 빔에 집중했다. 곧이어 다들 입을 벌린 채 방송에 매료되기 시작했다.

기존의 예능 프로그램과 '대국민 오디션'은 궤가 다르다는 것을 제대로 보여주려 마음먹은 것인지 화려하고도 볼거리가 많은 오프닝이었다. 장관은 마지막 대남의 대사였다.

-지금 당신도 스타가 될 수 있습니다.

얼굴이 화끈해질 수 있는 대사였지만 대남이 해서일까, 민망하기보다는 오히려 대부분이 그 말을 신뢰하는 듯한 눈빛을 보내고 있었다.

-또 다른 연기를 보여줄 수 있으니까, 꾸며지지 않은 자신만의 연기를.

곽열 감독이 출연자를 향해 넌지시 운을 띄우자, 중년의 참가자가 심호흡을 가다듬더니 말도 되지 않는 열연을 선보였다. 마치 어머니가 정말로 저의 품에서 세상을 떠나는 모습을 그리는 듯, 보는 이로 하여금 눈물을 자아내게 하는 연기의 연속이었다.

황금양 소속의 배우들은 일반인의 그러한 열연에 감탄을 터뜨리고 있었다.

-실례지만 어머니가 돌아가셨을 때를 떠올리신 겁니까……?
-아니예, 정정하십니다.
-그, 그럼 방금 연기는?
-아, 며칠 전에 본 주말연속극에서 주인공 어무이가 돌아가시는 장면 본 게 기억나서 한 번 해본 건데 이상했는교……?

반전 영화를 방불케 하는 일반인 출연자의 말에 모두가 웃음을 터뜨렸다. 하지만 황금양 소속 배우들은 간담이 서늘해진 표정이었다. 기교나 수학이 동반되지 않은 날것 그대로의 연기가 관록의 명감독을 속인 것이 아닌가. 잠재력 넘치는 신인의 등장에 호승심과 더불어 긴장감이 함께 찾아왔다.

-유한나 씨, 긴장하지 마세요.

첫 방송의 대미를 장식한 것은 다름 아닌 대남과 유한나의 등장이었다.

대남의 말 한마디에 사시나무처럼 떨고 있던 가냘픈 유한나가 순식간에 진정됐다. 촬영 당시에는 잘 느끼지 못했는데 카메라를 통해 비친 모습에는 그 차이가 확연히 드러나 있었다.

"헙."

유한나의 연기가 시작되자 여기저기서 숨을 들이켜는 소리가 동시에 터져 나왔다. 그리고 고지원에게로 시선이 향했다. 고지원은 다리를 꼰 채 흥미롭다는 표정으로 시선을 유지하고 있었다.

직원들은 유한나라는 인물에게 손뼉이라도 쳐 주고 싶은 심정이었다. 평소 고지원의 성격이 어떠한지 뼈저리게 알고 있기에 저토록 대담한 행동을 보인 소녀에게 경외감이 담긴 시선 또한 동반되었다.

"다시 봐도 물건은 물건이야."

곽 감독이 화면 속 유한나를 향해 나지막이 읊조렸다. 배우는 얼마나 많은 스펙트럼을 가지고 있느냐에 따라 배역의 폭 또한 함께 넓어졌다.

그런 의미에서 유한나는 천부적으로 가면을 잘 쓰는 타입에 해당됐다. 배우라는 직업이 그녀에게 있어선 떼려야 뗄 수 없는 운명 같은 것이다.

-유한나 씨, 황금양으로 오시죠.

대남의 말을 끝으로 첫 방송이 끝났다. 기대만큼이나 볼거리가 많았던 방송이었다. 대한민국 방송 역사상 볼 수 없었던 기획이었다. 그만큼 방송 후폭풍이 엄청날 것이란 걸 이 자리의 모두가 직감할 수가 있었다. 또한 기존의 배우들은 '대국민 오디션'이 끝난 뒤 괴물 같은 신인들이 들어온다는 생각에 잠 못 이룰 것이다.

'대국민 오디션' 방송이 끝나고, 비서가 대남을 향해 다가왔다. 그의 양손에는 배우들의 프로필이 담긴 파일이 가득 들려 있었다.

"대표님, S기획사와 白기획사에 소속된 기성 배우들이 황금 양과의 컨택을 원하는데 어떻게 할까요?"

"제 스케줄이 비는 날 면담할 수 있도록 조정해 주세요. 그들에게 계약 건에 대한 확신적인 답변은 주지 마시고요."

"알겠습니다. 그럼 27일로 날짜를 잡도록 하겠습니다."

"그 날은 안 됩니다."

대남의 단호한 말에 비서의 머리 위로 의문이 떠올랐다. 대표님의 스케줄이라면 자다가 일어나도 술술 읊을 만큼 도가 튼 자신인데 혹시 저가 모르는 스케줄이 있기라도 한 것일까?

고개가 절로 갸웃거려졌다.

"혹 개인적인 용무라도 보시는 것입니까……?"

이어지는 뒷말에 비서의 눈이 화등잔만 해졌다.

"청와대 기업인 만찬에 초대받았습니다."

대남이 청와대 기업인 만찬에 초대받았다는 사실은 이튿날 신문에 난 기사로 인해 모두가 알게 되었다.

연예부는 '대국민 오디션'이 주된 화제를 이루었고 경제 주간지 등에선 청와대 기업인 만찬에 오른 기업인 명단과 더불어, 걸출한 노년의 기업인들과 어깨를 나란히 하는 황금양의 김대남이라는 젊은 청년 CEO에게 그 이목이 집중되었다.

"한건화, 류태진, 오영신, 서인숙. 하나같이 대한민국의 경제를 좌지우지하는 기업인들이군. 그 사이에 김 대표라니 정말 놀랍군, 놀라워."

곽 감독의 눈썹은 신문을 읽어 내려가면 읽어 내려갈수록 위로 올라가고 있었다.

대남이 대단한지는 이미 알고 있었지만 청와대 만찬에 초대받을 줄은 상상도 하지 못했기 때문이다.

"이번 기업인 만찬은 그 전과는 달리 정예로만 뽑았구만. 정말 대한민국의 경제 근간을 뒤흔들 수 있을 만한 거물급 인사들만 초청되었군. 이름만 대기업인 곳은 애초에 얼씬도 하지 못하게 말이야."

곽 감독의 말처럼 기업인 명단에 오른 이들은 하나같이 대한민국의 성골이라 불릴 정도로 사회 전반적으로 막강한 영향력을 행사하는 이들이었다. 그렇기에 대남의 참석은 많은 갑론을박을 낳을 수밖에 없었다.

"잡음이 좀 있겠는데?"

"어쩌겠습니까, 다 제가 감당해야 할 몫이죠."

"그래, 그렇게 당당하게 나올 줄 알았지. 역시 자네야."

웬만큼 담력이 있는 이라도 이러한 자리에 초대받는 것 자체가 부담과 압박을 줄 터였다. 외부에선 이미 대남의 청와대 만찬 초청을 두고 과한 인사가 아니냐는 말들이 오가고 있었다.

주된 원인으로는 대남의 나이에 있을 것이다. 참석자 대부분이 연륜과 관록이 깃든 노년인 데 반해 대남은 너무나도 젊었으니 말이다.

"걸출한 기업인들 사이에서 자네가 기죽을 거라 생각하지는 않지만, 구성원들이 하나같이 만만한 상대들이 아니야. 어쩌면 그들 사이에서도 자네의 참석을 탐탁지 않아 하는 이들이 있을 수도 있지. 다 자네가 잘난 탓이니 그 정도는 감수하게나."

경제 주간지에 난 칼럼들을 옆으로 치우며 곽 감독이 말하였다.

"아무렴요, 걱정하지 않으셔도 됩니다."

대남은 자신과 함께 기업인 만찬 명단에 오른 기업인들의 이름을 주욱 훑어보았다. 곽 감독의 우려처럼 자신과 같은 선상에 있기에는 꽤나 연배가 있는 인물들이 주를 이루고 있었다. 대한민국 경제성장의 역사를 함께 했던 이들이었다. 언론의 갑론을박이 어느 정도 이해가 되는 순간이었다.

"기업인 만찬에 참가한 기업들은 하나같이 대한민국을 대표하다시피 하는 곳들입니다."

한건화의 한영그룹, 류태진의 LK그룹, 오영신의 대오그룹, 서인숙의 순성그룹.

담록이라는 거대한 공룡이 사라진 자리에 득달같이 선두로 치고 올라온 기업들이었다. 그간 담록의 명성에 가려져 있었지만 이제는 그들 하나하나가 무시 못 할 수준이 되었다.

재벌이라는 이름으로 대한민국 상장기업의 0.01%를 달리고 있는 곳들이다. 대남은 다시 한번 기사에 있는 그룹 이름들을 되뇌며 예언하듯 단언했다.

"하지만 황금양은 그들을 뛰어넘어 보일 겁니다."

- 2장 -

청와대

　청와대 대통령 비서실장 황정세는 기업인 만찬 초대 명단을 훑어보며 고개를 주억거렸다.

　"김대남이라……."

　기업인 명단 제일 마지막 선에 위치한 대남의 이름을 중얼거렸다.

　"각하께서 김대남이의 강단 있고 진취적인 모습을 높게 산 듯합니다. 사실 사회적 명성이나 재력으로만 따지고 본다면 이 자리에 참석하기에는 아직 부족한 점이 많은 친구입니다."

　목소리의 근원지는 황정세 앞에 기립해 있던 민정수석이었다.

　"내가 이놈 때문에 아침부터 자네 집무실을 찾아야겠나?"

　"죄송합니다. 저도 어젯밤 각하께 급히 호출을 당하는 통에 미처 연락을 드리지 못했습니다."

그럼에도 불구하고 황정세의 눈꼬리는 내려갈 생각을 하지 않았다.

"내 심기가 왜 불편한지는 알고 있겠지. 본래 기업인 초대 명단에 있었던 광진건설 김철산이가 빠지고, 예정에도 없던 햇병아리가 들어왔지 않나. 각하께서는 그래도 그렇지 이렇게 갑자기 결정을 해버리시면 어떡하라는 건지……. 솔직한 말로다가 난 김대남이 그놈이 영 마음에 들지 않아."

황정세는 대남의 초대가 달갑지 않은 눈치였다. 민정수석 또한 황정세의 그러한 속내를 모르지 않았다.

"비서실장님의 말씀이 맞습니다. 김대남이가 검찰에서 그간 난리를 쳤던 걸 생각하면 진작 내곡동 지하에서 고초를 당했어도 이상하지 않을 일이지요. 전부 각하께서 김대남이를 좋게 보신 것 때문이 아니겠습니까."

"하여간, 각하께서는 아량이 너무 넓으셔서 탈이야. 옛날 같았으면 반골 기질이 그렇게 가득한 놈은 소리소문없이 반쯤 죽여 놨을 텐데 말이지. 세상이 좋아지긴 했어, 정말. 안 그런가, 석우."

"그렇습니다. 옛날 같았으면 상상도 못 했을 일입니다. 그리 날뛰고도 지금까지 살아남아 이제는 청와대에까지 초청을 받았다는 것이 어떻게 보면 시대를 잘 타고 난 것이란 생각도 듭니다."

"그래, 다 우리 각하가 베푸신 은혜 덕분이지. 결코 그놈이 잘나서가 아니야."

황정세는 대남의 이름을 향해 눈을 가늘게 뜨며 적대감을 드러냈다. 그 이유는 간단했다. 대통령 비서실장으로서 검경을 좌지우지하다시피 할 정도의 막강한 권력을 손아귀에 거머쥐었지만 정작 평검사 하나가 시국을 어수선하게 만들었기 때문이다.

바로 대남이 그 장본인이고 말이다.

"그건 그렇고 각하께선 비서실장인 나를 부르면 될 일을 왜 자네를 부르신 건가?"

"아무래도 비서실장님 업무가 과다 치중되어 있고 시국이 시국인 만큼 이런 자잘한 업무의 변경 같은 경우 제 손을 통하는 게 좀 더 편하다고 생각하신 모양입니다. 또 민정수석으로서 김대남이라는 젊은 청년에 대해 어떻게 생각하는지 듣고 싶으신 모양이더군요."

"어찌 말했는데?"

황정세의 눈이 뱁새처럼 다시 한번 가늘어졌다.

"될성부른 나무는 떡잎부터 알아본다 하는데, 김대남이는 싹수가 노랗지 않습니까. 훗날 크게 곤욕을 치르지 않을까 우려된다고 말씀드렸습니다. 각하께서는 그럼에도 한 번쯤은 얼굴을 대면하고 싶다며 의견을 굽히지 않으시더군요. 각하의 고집이 얼마나 완강하신지는 비서실장님께서도 잘 아시지 않습니까."

"아무렴, 몇 년 동안 지켜본 자네보다는 십수 년 동안 함께한 내가 더 잘 알다마다."

황정세는 그제야 화를 누그러뜨렸다. 그는 자리에서 일어나며 민정수석을 향해 경고하듯 말했다.

"광진건설 김철산이는 다음 만찬 명단에 꼭 넣게나. 혹시나 각하가 나 말고 자네를 부르더라도 말이지. 내 말 이해했나?"

나아가 자신이 배정했던 기업인 명단조차 대남 때문에 변경되게 되자 끝까지 기분이 좋지는 못했다. 황정세가 지나가고 민정수석실에는 차가운 냉기만이 감돌았다.

민정수석 김석우는 황정세가 구겨놓은 기업인 명단을 반듯하게 편 후 다시금 바라보았다.

"김대남이라, 정말 대단한 친구야."

가죽 의자에 등을 깊게 기댄 김석우는 대남의 이름을 읊조리며 기분 좋은 미소를 지어 보였다. 그는 황정세와는 상반되게 대남의 청와대 초청이 달가운 눈치였다.

"이거 플래카드라도 달아야 하는 게 아닌가 싶구나."

아버지는 아침 식사 자리에서 은연중에 말을 전해왔다. 청와대에 초청을 받는 것 자체가 가문의 영광으로 생각되던 시대이다. 더군다나 대남과 함께 초청받는 군상들이 전부 대한민국 경제를 좌지우지하는 기업인이라는 사실에 더욱 긴장될 수밖에 없었다.

"요즘은 친구들 모임에 가도 전부 네 이야기밖에 안 한다. 어떻게 하면 아들을 그렇게 키울 수 있냐며 물어오는 사람이 얼마나 많은지, 물론 내 아들 잘났다니 기분이야 좋지만 어쩔 땐 좀 쑥스러워서…… 크흠."

아버지는 말은 그렇게 하시며 국을 뜨셨지만 기분이 퍽 좋아 보이셨다. 어머니도 따로 말씀은 안 하셨지만 기쁘기는 매한가지인 듯했다.

대남이 옳은 일을 한다고는 하지만 한동안 이런 일 저런 일로 기사에 얼굴을 많이 비추니 어디서 해코지는 당하지 않을까 하루하루가 마음이 불편했던 찰나, 청와대에 초청을 받았다고 하니 마음이 조금이나마 편해지신 듯했다.

"아들, 네가 어련히 잘하겠냐만 그래도 거기 가선 입조심 해야 돼, 알겠지?"

"그래, 대남아. 애비도 다른 건 걱정 안 하는데 혹시나 청와대에서 네가 실수라도 할까 봐 걱정이구나. 아무리 옳은 말이라고 해도 듣는 사람이 귀머거리면 소용이 없다는 건 잘 알고 있겠지?"

"걱정 마세요. 아버지, 어머니."

대남은 이런 부모님의 염려를 모르지 않았다. 그간 언론을 통해 대남은 폭탄 발언을 서슴지 않고 해왔다. 그 반향은 대한민국 지방 시골 어르신들까지 알 정도이니 파급효과가 얼마나 컸는지 말로 설명할 수가 없을 정도였다.

아들이 틀린 말을 하는 사람은 아니란 걸 알고는 있지만 자리가 자리인 만큼 부모님의 걱정은 배가 되었다.

"그래, 네가 잘할 거라 믿는다. 당신도 그만해. 대남이가 잡혀갈 거였으면 진즉에 잡혀갔지. 이제는 시대가 바뀌었고 우리 아들이 대한민국에서 제일 잘나가는 기업인 중 한 명이라는 건 변함없는 사실이니까 말이지."

"그래도……."

"아 글쎄, 걱정하지 말어. 대남이도 다 생각이 있겠지, 그렇지?"

최루탄 냄새 가득했던 격동의 80년대를 지내온 부모님이 정권을 바라보는 시선이 어떠한지 알기에 대남은 묵묵히 고개를 끄덕였다.

아침 식사를 마치고 어머니가 상을 치우고 있을 무렵 아버지가 대남을 이끌고 베란다로 향했다.

연초를 말아 문 아버지는 대남을 슬쩍 바라보고는 말했다.

"네가 옳은 일을 하고, 이 아비보다 똑똑한 건 안다. 대남이 네 덕분에 우리 집안이 살아난 게 아니냐, 대남이 네가 내 아들이라서 정말로 자랑스럽다. 앞으로도 네가 무슨 일을 하고 말을 하더라도 아비는 항상 네 편이다."

아버지의 얼굴은 과거보다 수척해져 있었다. 깊게 팬 주름은 세월의 흔적을 말해주고 있었고 한동안 부모님을 살펴보지 못한 대남은 죄송한 마음에 아버지의 손을 마주 잡았다.

자신 때문에 항상 노심초사했을 아버지의 손등을 대남은 하염없이 붙잡고 있었다.

황금양 앞은 기자들로 인해 인산인해를 이루고 있었다. '대국민 오디션'의 첫 방영의 후폭풍과 더불어 대남이 청와대 기업인 만찬에 초청받는 날이니만큼 그 모습을 찍고자 하는 마음 때문이었다.

"기자들이 정말 많이도 왔네."

석혜영 팀장이 창밖의 풍경을 바라보며 혼잣말을 했다. 일전과는 비교도 되지 않을 만큼 카메라를 든 기자들이 많이 보였다.

청와대에 단순 초청을 받은 것만으로도 이렇게 많은 관심을 받는다는 것에 절로 혀가 내둘러졌다.

"다른 기업인들 사옥에는 기자들이 접근할 수 없어서 이곳으로 다 몰리기도 했고, 애초에 우리 대표님이 워낙 유명한 데다 역대 청와대에 초청된 기업인 중에선 가장 최연소이니……."

직원 중 하나가 설명을 하듯 그렇게 말을 했다. 이제는 황금양 직원 대부분이 대남이 정말 청와대에 초청받았다는 사실이 몸소 체감되는 눈치였다. 처음에는 얼떨떨했지만 자신들 회사의 대표가 대한민국 기업인 중 손에 꼽힌다는 인물들과 함께한다는 사실에 덩달아 기분이 좋아졌다.

"자자, 다들 잡담하지 말고 일합시다. 일."

석혜영 팀장이 주변의 어수선한 분위기를 환기시키며 손짓했다. 하지만 그것도 오래가지는 못했다.

청와대 경호실에서 보낸 검은 자동차가 황금양에 도착했고, 그 안에서 경호실 인원들로 보이는 검은 정장을 차려입은 사내들이 나타나자 분위기는 더욱 소란스러워졌다.

"갑시다."

대남은 청와대 경호팀장과 함께 걸음을 옮겨나갔다. 초청을 받는 자리였지만 자리가 자리이니만큼 그 분위기는 무엇과도 비교할 수 없을 만큼 엄중했다.

팀장은 창밖의 풍경을 바라보며 대남을 향해 물었다.

"저렇게 기자들이 많은데, 통제를 안 해도 되겠습니까?"

은연중에 목소리에 불쾌감이 드러나 있었다. 기업인들의 대부분은 청와대 경호실이 방문한다고 하면 먼저 알아서 기자들의 접근을 통제하는 것이 기본이었다.

하나 대남은 그러한 제스처를 취하기는커녕 오히려 황금양 앞에는 전국의 기자들을 불러 놓은 것처럼 인산인해를 이루고 있었다.

"언론도 알 권리가 있지 않습니까, 이런 자리에 군이 기자들의 출입을 금할 필요가 있을까요?"

"이런 자리요?"

"아직 청와대에 도착한 것도 아니지 않습니까, 제 말은 여기서부터 꽁꽁 싸매야 할 필요가 있겠냐는 겁니다."

"크흠."

경호팀장은 불편한 기색이 가득한 채로 대남과 동행했다. 검은 정장을 차려입은 사내들은 짙은 선글라스로 표정이 보이지는 않았지만 웬만한 사람들은 접근도 못 할 만큼 차가운 분위기를 풍기고 있었다.

"김대남 대표다!"

대남과 경호원들이 등장하자 황금양 밖에서 진을 치고 있던 기자들이 자리에서 벌떡 일어나 카메라를 들었다. 경호원들이 손사래를 치며 지나갈 길을 확보하자 그제야 플래시가 조금이나마 잦아들었다.

"김대남 대표님, 한 말씀만 해주시죠!"

"청와대 기업인 만찬에 초청받은 소감이 어떠십니까! 청와대에 초청받은 기업인 중에는 역대 최연소신데요!"

그때를 놓치지 않고 몇몇 기자들이 대남을 향해 질문을 해왔다. 경호팀장의 눈썹을 추켜세우며 불쾌한 기색을 드러냈지만 대남은 오히려 자리에 멈춰 서며 질문을 던진 기자를 향해 말했다.

"가문의 영광으로 생각합니다."

대답 없이 그저 차에 올라탈 줄 알았던 대남이 뜻밖의 대답을 해주자 기자들의 눈이 부릅떠졌다. 그리고 기자들은 너 나할 것 없이 손을 들어 보이며 대남을 향해 질문을 던졌다. 그중 가장 부각된 질문은 다름 아닌 기업인 명단과 관련된 것이었다.

"현재 황금양의 김대남 대표가 청와대 기업인 만찬에 초청을 받은 사실을 두고 재계에서 많은 말들이 오가는 것으로 알고 있습니다. 특히 아쉽게 이번 기업인 만찬 명단에 오르지 못한 국내 대기업 회장들의 말이 많은 것으로 알고 있습니다. 이 사실에 대해서는 알고 계십니까?"

"알고 있습니다."

"그중 광진건설의 김철산 사장은 자신으로 예정된 명단에 김대남 대표가 들어갔다며 쓴소리도 마다하지 않았는데요. 김철산 사장은 김대남 대표가 청와대에 로비를 한 것은 아니냐는 의혹까지 제기했습니다. 이에 대해서는 어떻게 생각하십니까!"

민감한 질문이 아닐 수 없었다. 광진건설은 작금의 대한민국 건설기업 중 단연코 두각을 드러내고 있으며 국가적 사업에 가장 많은 혜택을 받은 곳이기도 했다.

한편 김철산 사장에 대한 대외적인 시선은 좋지 않았다. 불법 고리대금업자를 방불케 하는 하청에 하청을 두는 건설 운영은 물론이거니와 정권과 깊게 연결되어 있다는 소문이 많았기 때문이다.

"김철산 사장이 청와대에 초청을 받지 못한 이유는 간단합니다."

이어지는 뒷말에 기자들이 일제히 입을 벌렸다.

"저보다 못하기 때문이겠죠."

대남의 과감한 발언에 기자들이 눈을 부릅떴다. 광진건설을 명백히 깎아내리는 말이기 때문이었다.

"그, 그럼 방금 하신 발언은 김 대표님보다 김철산 사장이 하수라는 뜻에서 말씀하신 것으로 이해해도 됩니까?"

기자가 곧장 날 선 질문을 해왔다. 옆에 있던 경호팀장이 빨리 자리를 옮기자는 식으로 시선을 주었지만 도리어 대남은 걸음을 멈춘 채 주위를 훑어보고 있었다.

떡밥을 받아먹는 물고기 떼처럼 기자들은 대남을 향해 시선을 집중하고 있었다.

"글쎄요, 아무래도 하수라고 표현하는 것은 맞지 않을 것 같군요."

"그럼?"

"광진건설의 김철산 사장은 제가 기업인 만찬에 초청받은 것에 대해 청와대에 로비를 한 것이 아니냐는 의혹을 제기했습니다. 하나 저는 결코 로비를 한 적이 없을뿐더러, 황금양은 청와대에 초청을 받기 전에도 언론의 지대한 관심을 받고 있습니다. 즉 황금양은 더 이상의 홍보가 필요 없다는 말이지요."

대남의 목소리가 황금양 앞을 나직이 울렸다. 그는 담담하고도 낮은 어조로 계속해서 말을 이어나갔다.

"광진건설은 애초에 국가적 사업을 빌미로 많은 혜택을 받아온 것으로 알고 있습니다. 하지만 이로 인한 잡음이 많은 곳이기도 합니다. 불과 일 년 전 광진건설은 안전계수에 미달하는 철근 개수를 공사에 사용하는 등의 방법으로 수십억 원의 횡령을 저질렀습니다. 하지만 이 모든 일의 최종 결정권자라 할 수 있는 김철산 사장은 끝내 모르쇠로 일관했고 공사 실책 임자만 징역형을 살게 되었습니다. 광진건설은 고작 벌금형에 그쳤을 뿐이지요."

흥미진진한 옛이야기를 듣는 아이들처럼 기자들은 더 열심히 귀 기울였다. 대남은 그들에게 화답이라도 하는 모양새로 넌지시 화두를 던졌다.

  "우리는 지난날 성수대교 붕괴와 삼풍백화점 붕괴라는 크나큰 비극을 맞이한 바 있습니다. 다시 벌어져서는 안 될 일이자 건설사의 악행이 여실히 드러났던 사건입니다. 한데 그런 아픔이 채 가시기도 전에 벌어진 광진건설의 비리는 눈을 뜨고 볼 수 없을 만큼 역했습니다."

  대남은 기자들을 향해 되물었다.

  "과연 정말로 김철산 사장이 자신의 건설사에서 횡행하게 벌어졌던 철근 횡령을 몰랐을까요?"

  기자들은 입을 열 수가 없었다. 대남에게 질문을 던졌던 기자 또한 곤란한 표정을 지어 보이며 말하기를 꺼렸다.

  당연했다. 광진건설의 김철산 사장이 정부 요직과 밀접한 관계를 가지고 있다는 사실은 시사부에서 조금이라도 일했던 이라면 모를 수 없는 정보였다.

  모두가 말을 아끼는 가운데, 대남이 입을 열었다.

  "저는 아니라고 봅니다."

  "……!"

  무수한 충격이 주변에 짙게 깔렸다. 모세가 홍해를 가르듯, 대남은 그 말만을 남긴 채 기자들 사이를 뚫고 검은색 승용차에 올라탔다.

"어쩌자고 그런 식의 말을 한 겁니까!"

청와대로 향하는 자동차 안에서 경호팀장은 짐짓 이맛살을 찌푸려 보였다. 기업인 만찬은 잡음이 없어야 하는 행사 중 하나이다. 그런데 시작부터 이렇게 삐걱대는 소리가 난다면 경호처에까지 책임이 내려올 수도 있는 문제였다.

"경호팀장, 난 당신 부하가 아닙니다."

대남의 말에 팀장은 순간적으로 속이 뜨끔 하는 것을 느꼈다. 팀장의 나이대가 사십 대인 것에 반해 대남의 나이는 이십 대에 불과했다. 사실 나이만 두고 얕잡아 본 감도 없지 않아 있었다.

"크흠."

팀장은 멋쩍은 기침 소리만을 내보일 뿐 더 이상 말을 건네지 않았다. 대개 청와대라는 명함을 내밀어 보이면 어딜 가든 먼저 고개를 숙여왔다.

"팀장은 내가 각하의 손님이라는 사실을 기억하셔야 할 겁니다."

"……!"

그제야 자신의 실수를 깨달은 팀장의 얼굴이 화끈 달아올랐다. 명실상부 대남은 대한민국을 대표하는 기업인 명단에 오른 인물이었다. 제아무리 청와대 경호실 팀장이라고는 하나 주제넘은 짓임은 분명했다.

"죄, 죄송합니다. 제가 흥분해서 그만."

팀장이 얼굴을 붉히며 고개를 숙여왔다. 청와대로 향하는 내내 차 안은 살얼음판을 걷는 듯한 분위기가 연출되고 있었다.

경호처 직원들은 호랑이 같고 깐깐하기로 유명한 경호팀장을 동네 똥개처럼 다루는 대남의 모습에 속으로 감탄했다.

적막한 분위기가 흐르는 가운데, 차는 어느새 청와대에 다다라 있었다.

"잠시 검문 있겠습니다."

경호처 차량임에도 불구하고 트렁크까지 꼼꼼히 확인하고 나서야 차량이 청와대 안으로 입성할 수가 있었다. 대남은 경호원들의 안내를 받아 만찬이 열리기까지 대기할 장소로 걸음을 옮겼다.

"간단히 복장 검사를 하겠습니다."

회의장같이 널찍한 상소에서 또다시 검문을 하게 되는데 이번에는 검은 정장을 차려입은 청와대 비서실 직속 직원들이 대남의 몸을 수색했다. 대한민국을 대표하는 기업인이라고 할지라도 대통령을 만나는 자리에서는 빠질 수 없는 관문이었다.

"이곳에서 잠시 대기해 주시면 됩니다."

복장 검사를 받았던 곳을 지나 별관으로 이동하자, 미리 와 있던 기업인들이 다들 한 자리씩 꿰차고 앉아 있었다.

그들은 느지막이 등장한 대남의 모습에 안경 사이로 눈을 번뜩이는가 하면 적대적으로 눈을 흘기거나 아예 무시로 일관하는 이도 있었다.

"청와대가 어디라고, 저런 어린놈이 들어왔누."

쇠를 긁는 듯 탁한 목소리였다. 검버섯이 핀 얼굴 위로는 주름이 한 치의 틈도 주지 않은 채 자글자글 잡혀 있었다. 그러나 무테안경 사이로 보이는 눈빛은 노년의 나이라고는 믿기지 않을 만큼 날카로웠다.

"세상이 참말로 좋아졌어. 옛날 같았으면 우리 앞에서 고개도 빳빳이 들고 있지 못할 텐데 말이야."

말속에 가시가 있다는 것이 절로 느껴졌다. 대남은 자신을 쏘아보는 노인들에게로 걸음을 옮겼다.

"안녕하십니까. 황금양의 김대남이라고 합니다. 오늘 함께 청와대 만찬에 초청받아 정말 영광으로 생각합니다. 부족한 저에게 오늘 하루 많은 가르침을 주시면 감사한 마음으로 배우겠습니다."

대남은 선배 기업인이라 할 수 있는 세 명의 노인을 바라보며 깊숙이 고개 숙여 보였다.

한영그룹의 한건화, LK그룹의 류태진, 순성그룹의 서인숙.

하나같이 대한민국 재계를 손아귀에 넣고 주무르는 거물급 재계의 회장들이었다.

무테안경을 쓴 한건화는 대남의 참석이 탐탁지 않은지 계속해서 날카로운 시선을 보내고 있었다.

"이 영감들이 왜 이래, 난 오랜만에 영계가 들어와서 참 좋은데 말이지. 허구한 날 청와대 기업인 만찬만 열리면 늙은이들만 득실득실해서 얼마나 냄새가 구렸다고."

재계 회장들 사이에서 유일한 여자라 할 수 있는 순성그룹의 서인숙 회장이 눈을 반개하며 대남을 반겼다.

그들은 담록과 마찬가지로 대한민국 경제성장의 역사와 함께 커왔던 인물들이다. 경쟁사이기 이전에 다들 오랜 세월을 함께한 사이로, 서인숙의 말 한마디에 차가웠던 장내가 조금이나마 반전되었다.

"김대남이라고 했나?"

"예, 그렇습니다."

"황금양이라고 영화 제작사라며? 나도 그쪽에 조예가 깊은데 나중에 괜찮으면 따로 이야기해 보자고."

서인숙은 살가운 미소를 지어 보이며 대남의 손을 덥석 마주 잡았다. 나이에 맞지 않게 서인숙의 눈에는 진한 마스카라가 그어져 있었다. 입술은 쥐라도 깨물었는지 시뻘겠다. 그 모습에 LK그룹의 배불뚝이 회장 류태진이 끌끌 혀를 찼다.

"저 할망구가 또 노망이라도 났나, 화장 좀 옅게 혀. 눈 배려. 예나 지금이나 정도가 없어요. 정도가!"

격동의 세월을 함께 보내온 전우이기 때문일까. 대남은 자신이 생각했던 회장들의 모습과 실제 모습이 많은 괴리를 가지고 있다는 것을 느꼈다.

하지만 현재의 모습이 그렇다는 것이지 이 자리에서 전부를 속단하기도 일렀다.

"끌끌, 자네가 담록을 무너뜨린 장본인인가?"

대남은 뒤편에서 들려오는 목소리에 고개를 돌렸다. 그곳에는 앞선 세 명의 노인들과는 비교가 될 정도로 풍채가 좋고 허연 턱수염이 길게 자란 노인이 서 있었다.

대남은 그를 보자마자 단박에 알아볼 수가 있었다.

"처음 뵙겠습니다. 황금양의 김대남입니다."

"반갑네, 난 오영신일세."

대오그룹의 오영신. 여태껏 대한민국 재계 서열 2위라 불리던 인물이었다. 담록의 그늘에 가려져 있었지만 그의 경영수완은 담록의 제일선 회장에 뒤지지 않는다 평가되었다.

하지만 하늘의 태양이 사라지고 그 자리를 오영신이 차지했다는 말이 현재는 정설처럼 굳어졌다.

"담록의 제일선이를 보았다지, 영안실에서?"

"보았습니다."

"어떻던가?"

오영신은 대남을 뚫어져라 바라봤다. 그 모습에 나머지 회장들 또한 흥미진진한 눈빛으로 두 사람을 관조했다.

대남은 짐짓 뜸을 들이고는 말했다.

"한 줌 흙으로 돌아갈 걸, 뭘 그리 힘겹게 이뤄놓은 건가. 허탈함이 들었습니다."

장내는 적막한 침묵감이 감돌았다. 제일선 회장의 사망 사유를 모르는 사람은 이 자리에 아무도 없었다.

언론에 대서특필되고 사후에도 곧장 타계 소식을 바깥에 알리지 못한 채 영안실에 방치되어 있었다는 사실은 이미 널리 알려진 사실이었다.

"제일선이가 자식 농사 하나는 제대로 망쳤지."

오영신은 혀를 차며 마른 입술을 쓸었다.

"난 자네를 좋게 봐. 담록의 치부를 들추고, 제일선의 피를 물려받은 배은망덕한 그 새끼 호랑이들을 죄다 처단하지 않았나."

오영신은 그렇게 말을 하며 대남을 세밀히 관찰했다. 대남은 그의 시선 하나만으로도 온몸 구석구석이 발가벗겨지는 듯한 느낌을 받았다.

"신기하단 말이지."

오영신은 대남을 뚫어져라 바라보고는 나직이 말했다.

"제일선이를 닮았어, 생김새는 분명 다르지만 주위에서 풍겨오는 냄새가 그래. 젊은이를 망자와 비교해서 미안하지만 어쩌겠나, 나 말고도 다들 느꼈을 터인데?"

오영신의 말에 나머지 세 명의 회장이 말없이 고개를 주억거렸다. 방금까지 무테안경 속 날카로운 눈빛으로 대남을 노려보던 한건화가 말했다.

"오 회장이 그렇게 말을 하니 이제껏 느꼈던 기시감을 내 알겠군. 재수 없는 제일선이를 똑 닮았어, 이제 보니. 물론 어린 나이에 이 정도로 올라온 걸 보면 제일선이 그놈보다는 싹수가 더 노랗지만서도."

그들은 대남의 경영 수완을 두고 故 제일선 회장과 닮았다고 평가하고 있었다.

"에이, 그래도 제일선이 그 영감탱이보다 저 친구가 더 멋있잖아."

서인숙의 말에 류태진이 곧장 혀를 차 보였다. 서로 대화를 나누는 모습만 살펴본다면 영락없는 그 나이대의 어르신들 같았지만 실상 대화 속 내용을 살펴보게 된다면 대한민국 경제가 말 한마디에 오가고 있다 해도 과언이 아니다.

"오 회장, 이번에 담록철강을 인수할 계획이라며? 제일선이 거는 침도 뱉지 않을 거라며 그렇게 호언장담을 하더니만."

담록의 계열사 중 철강이 떨어져 나가게 생기자, 다들 눈독을 들었다. 물론 그중 가장 유력한 이는 다름 아닌 대오그룹의 오영신이었다.

"제일선이가 죽은 지가 언젠데, 먼저 먹은 놈이 임자지."

"그렇지, 이 바닥은 상도덕이 없어야 제맛이지. 먼저 죽은 놈만 불쌍할 뿐이야."

"담록그룹이 공중분해가 되면 다들 득달같이 달려들려고 준비하고 있구먼."

담록이 사분오열되게 된다면 재계에는 크나큰 돌풍이 불어 닥칠 것이다. 누군가의 위기는 곧 누군가의 기회로 이어지기 때문이었다.

모두 적당한 긴장감을 품고 있을 무렵, 오영신은 나이에 맞지 않게 히죽히죽 웃어 보이더니 이내 고개를 돌려 대남을 바라봤다.

"내 참 이걸 물어보지 않았구먼."

이어지는 뒷말에 네 명의 노인이 동시에 대남을 직시했다.

"자네는 지금 이 자리에 있는 기업들을 어떻게 생각하나?"

네 명의 노인들은 대남을 흥미로운 시선으로 바라봤다.

"자네 입담이 거침없기로 유명하던데 말이야, 솔직한 대답이 듣고 싶군. 한번 평가해 봐."

오영신은 대남을 향해 놀리듯 넌지시 말을 던졌다. 대남의 거침없는 언행은 언론을 통해 이미 여러 번 노출된 전적이 있었다. 과연 이 자리에서도 화려한 입담을 자랑할 수 있을지 귀추가 주목되는 순간이었다.

대남은 짐짓 뜸을 들이다 가장 먼저 자신에게 적대감을 드러냈던 한영그룹의 한건화를 향해 운을 띄웠다.

"한영그룹."

자신의 그룹 이름이 들리자, 한건화의 미간이 가늘게 좁혀졌다.

"제조업 분야에서는 대한민국을 대표한다고 해도 좋을 만큼 불황 속에서도 뚜렷한 성과를 드러냈습니다. 특히 한영케미칼은 한영그룹의 전신을 이어받은 계열사답게, 신소재 분야에선 따라올 곳이 없을 정도지요. 특히 이번 한영케미칼에서 발표한 필터 기술은 대한민국을 넘어서 영미권 국가에서도 많은 관심을 보였던 만큼 그 점에 관해서는 높이 사는 바입니다."

한건화는 저의 칭찬에 좁혔던 미간을 풀어 보였지만 대남을 향한 시선엔 '네깟 게 제아무리 까불어봤자 한영그룹에는 못 미친다'라는 자신감이 내재되어 있었다.

"다만."

"다만……?"

"한영케미칼에서 행해왔던 방사성폐기물 불법 매립에 대해서는 매우 유감이라 생각되는군요."

"……!"

한건화가 의자 귀퉁이를 잡고는 언성을 높였다.

"그런 말도 안 되는!"

"말이 안 되다니요, 한영케미칼에선 과거 화학섬유 제조 때 촉매제로 쓰였던 방사성폐기물을 대량 불법 폐기하지 않았습니까. 검찰 조사가 이뤄지기 직전에 임원 중 하나가 총대를 멘 것으로 알고 있는데 말이죠. 무슨 수를 쓴 건지 세간에는 알려지지 않았습니다만."

이러한 불미스러운 일로 환경 단체가 일어서기도 전에 미리 조치를 한 탓에 대남의 말처럼 외부에는 마치 없던 일처럼 되어버렸다.

이 자리에 있는 나머지 회장들은 이 사실을 이미 알고 있었다는 듯 짧게 고개를 끄덕여 보였다.

"그나저나 혹 회장님께서 직접 지시하신 건 아니시겠죠? 수지타산을 맞추기 위해서 방사성폐기물을 불법 폐기하라고 말입니다."

"……저, 저!"

대남의 직설적인 화법에 한건화의 눈매가 치켜 올라갔다. 여태껏 자신 앞에서 허리를 굽히는 이들의 아첨만을 들어봤지 이토록 직설적인 언행은 처음일 것이다.

"자자, 한영그룹은 이만 됐고 난 어때?"

순성그룹의 서인숙이 분위기를 전환시키려는 듯 대남을 향해 눈웃음을 날렸다. 그 모습에 류태진이 고개를 저어 보였다.

"노망난 할망구 같으니라고, 저 녀석이 당신 손자 녀석이랑 나이가 비슷혀."

"큼, 난 우리 순성그룹을 물어보는 거라고. 한영그룹의 한 회장에게 이렇게 말할 정도면 나한테도 할 말이 꽤 많을 것 같은데?"

서인숙은 나이대에 맞지 않게 유난히도 밝은 웃음을 지어 보였다. 대남에게 잘 보이기 위해서가 아니라 어디 한번 내 앞에서 재롱이라도 부려 보라는 늙은이의 속내가 담겨 있을 것이다. 대남은 흔쾌히 그 장단에 맞춰주었다.

"순성그룹이라……."

대남의 말꼬리가 늘어지자 시선도 길게 늘어졌다. 방금까지 눈을 가늘게 뜨고 있던 한건화도 대남의 입에서 어떠한 말이 흘러나올지 자못 궁금한 표정이었다.

"제 입으로 이런 말씀을 드리긴 뭐하지만, 앞선 세 그룹에 비해선 순성그룹의 저력이 가장 마지막인 것은 사실입니다."

"그렇지, 인정해. 우리 순성은 이익을 추구하기보단 행복을 추구하니."

"맞습니다. 순성그룹은 대규모 장학재단을 운영할뿐더러 사측의 복지 혜택은 대한민국 대기업 중 최고라 할 수 있습니다."

뜻밖의 호평에 서인숙의 입꼬리가 올라갔다. 손주 재롱을 보는 할머니의 표정이 이러할까. 하지만 대남은 거기다 찬물을 끼얹었다.

"그러나 대규모 장학재단은 불법 횡령의 근거지로 쓰이며 순성의 이름을 딴 수많은 대형 갤러리아 등은 서인숙 회장의 개인 자산을 은닉하는 용도로 쓰이는 게 아니냐는 소문이 있습니다."

"다 뜬구름 잡는 소리지."

서인숙은 당황하기는커녕 새침데기처럼 대남의 말을 쉽게 받아넘겼다.

대남은 그 모습에 서인숙의 맞은편에 앉아 있던 류태진을 바라보며 물었다.

"LK그룹의 류태진 회장님은 이미 전력이 있으시죠? 거액의 세금 탈루 혐의로 검찰 공판을 받으신 적이 있지 않으십니까. 류 회장님이 보시기엔 어떻습니까?"

"큼!"

류태진은 지난날의 괴오를 들추는 대남의 모습에 헛기침을 해보였다.

화살의 방향을 자유자재로 다루는 모습에 멀찍이서 관망하던 오영신의 입꼬리가 말려 올라갔다.

"그래도 대한민국을 대표하는 기업인들이 모인 것인데, 까마득하게 어린 후배한테 훈계를 듣게 생겼군. 그래 자네가 보기에 난 어떤가?"

오영신이 하얀 턱수염을 어루만지며 질문을 던졌다. 경영저
널에선 담록이라는 거대한 왕국이 무너진 대한민국의 경제를
전쟁터 혹은 정글이라 표현했다.

총성 없는 전쟁터인 이곳을 제패한 이는 다름 아닌 오영신
이었다. 그는 오만하지도, 깔보지도 않는 시선으로 대남을 직
시했다. 마치 백수(百獸)의 왕을 보는 듯했다.

"대오그룹은……"

대남이 막 운을 떼려는 찰나, 대기 중이던 방문 너머로 노크
소리가 들려왔다.

"만찬 준비가 끝났습니다. 연회장으로 이동해 주시면 됩니
다."

검은 정장을 차려입은 직원이 들어와 선고하듯 말했다. 서
인숙의 표정에는 아쉬움이 가득했다. 재미난 볼거리를 놓친
탓 일터, 오영신은 희미하게 미소 지으며 자리에서 일어났다.

"대통령을 기다리게 할 순 없으니, 나중에 듣지."

오영신이 먼저 걸음을 옮기자 뒤따라서 나머지 회장들도 걸
음을 옮겼다. 한건화는 걸음을 떼며 혀를 찼지만 대남은 그보
다 오영신의 시선을 받으며 자신의 손에 맺힌 땀이 더 신경에
거슬렸다.

청와대 별관에 별도로 마련된 연회장은 국가적 귀빈들의 만

찬을 위해 쓰이는 곳이다.

많은 인원을 수용하는 것이 아닌 극소수의 인원들만이 사용하기에 규모가 크지는 않았지만, 접시며 가구들에 하나같이 장인의 솜씨가 배어 있었다.

"각하, 입장하십니다."

대통령을 필두로 보좌진들이 뒤이어 들어섰다. 비서실장과 민정수석, 그리고 정무수석까지 실질적으로 대한민국 정부가 움직였다고 봐도 과언이 아니었다.

"차린 건 없지만 많이들 드세요, 다들 나이가 있어 원기 보충하라고 내 특별히 씨암탉도 구성에 넣었습니다."

대통령은 특유의 넉살을 발휘하며 손짓했다. 식탁 위로는 평소 보기 힘든 음식들이 휘황찬란하게 상을 수놓았다.

기업인 만찬이라고 해서 고급 주류를 마시며 시사 경제를 논할 것 같았던 자리는 정말 만찬으로 시작하고 있었다.

"다들 안면이 익지만, 한 사람은 초면이지?"

대통령은 국을 뜨다 말고 고개를 들어 대남을 바라봤다.

"그렇습니다. 각하. 이번 기업인 명단에 새로 이름을 올린 황금양의 김대남 대표입니다. 아무래도 나머지 기업들과는 차이가 있지만 앞날이 기대되는 친구 중 하나입니다."

비서실장이 부리나케 그의 질문에 부연 설명을 덧붙였다.

"에헤이, 정세. 자네는 비서실장이나 되는 사람이 청와대에 기업인으로 초청받은 인물에게 친구라니. 말실수가 심하군."

"죄, 죄송합니다. 각하."

대통령이 장난 섞인 꾸지람을 가하자 비서실장 황정세가 얼굴을 붉혔다.

"그래, 김대남이라고. 내 많이 보고 싶었네."

"영광입니다. 각하."

"자네가 검찰에서 해왔던 일들은 내 하나도 빠짐없이 알고 있네, 우리 안사람은 이미 자네의 열렬한 팬이야."

기사를 통하기 이전에 내곡동을 통해 보고서가 올라갔으련만 대통령은 마치 보고 싶었던 디너쇼 가수를 마주한 것처럼 히죽히죽 웃고 있었다. 대남은 그의 웃음 이면에 숨겨진 날카로움을 주시했다.

"한 회장이 보기에 김대남 대표는 어떤가."

뜻밖의 품평회장이 되어버리자 한건화가 이맛살을 찌푸렸다가 급히 폈다. 그는 고개를 들어 대남을 향해 바라봤다. 일찍이 대기실에서 대남에게 한 소리를 들었던 터라 기분이 좋을 리 만무했다.

"괜찮더군요. 나이에 맞지 않게 말입니다. 각하께서 찾으시는 인재상에 적합한 인물이라 생각됩니다."

한건화는 예의 자신의 기분을 표출하지 않으며 대답했다.

그 모습에 오히려 대통령이 탐탁지 않다는 표정으로 말했다.

"한 회장은 항상 내 기분 좋은 말만 하니 내 진심인지 알 수가 있어야지. 이번에도 그렇게 두루뭉술하게 말을 해버리면 변별력이 없지 않은가."

"각하, 그럼 제가 한 말씀 올려도 되겠습니까?"

비서실장이 조금 전의 실수를 만회하려는 것인지 대통령을 바라보며 물었다.

"정세, 자네의 의견보다는 실질적인 기업인 입장에서 바라보는 김대남 대표가 어떠한지 알고 싶은 것이네."

대통령은 외국문물을 배척했던 흥선대원군처럼 비서실장의 말을 잠시 묵살하고는 기업인들 한 명 한 명을 훑어 바라봤다.

"역시 이런 질문에 투명하게 대답해 줄 수 있는 사람은 오 회장밖에 없지."

오영신은 자신이 호출될 줄 알았다는 듯이 짧게 고개를 끄덕여 보이고는 말했다.

"각하께서 김대남 대표를 이 자리에 부르신 까닭은 아무래도 대한민국을 이끌어갈 차세대 경제 주역을 눈앞에서 보시기 위함이겠죠. 제 생각도 같습니다. 조금 전 대기실에서 김대남 대표에게 간단한 질문을 해보았는데, 통찰력이 대단하더군요. 하지만 그 무엇보다 저는 그의 대담성에 손뼉을 쳐주고 싶습니다."

"대담성?"

"그렇습니다. 저 나이에 저만큼의 저돌적인 기업 운영과 행보를 보이려면 물론 재능이 출중한 것도 있겠지만 가장 핵심적인 것은 대담성 아니겠습니까. 시대가 좋아졌다 말할 수도 있지만 저라고 해도 불가능했을 이야기입니다. 지금도 그렇지만 앞으로도 저 정도의 인물은 더 이상 나타나기 힘들 거라 생각되는군요."

오영신은 대남을 높이 샀다. 대오그룹의 연간 영업이익에 비하면 황금양은 명함도 꺼낼 수 없었지만 대남의 가치는 달랐다. 그의 말마따나 대한민국 경제를 이끌어갈 차세대 주역이었다.

"오 회장께서 이렇게 칭찬을 하는 것을 다 보다니. 내 세상을 오래 살기는 한 것 같군, 정말."

"하하, 이참에 한 번 더 연임하시는 건 어떨지요. 각하."

"그게 내 마음대로 되는 것도 아닌데, 말만으로도 고맙소."

"각하, 저한테도 물어보시지. 제가 김대남 대표에 대해 잘 알고 있는데."

서인숙은 이때를 놓치지 않고 점수를 따려는 것인지 대통령에게 넌지시 말을 던졌다.

"서 회장은 너무 미인이라 내가 질문하기가 무섭구려."

"농담도 지나치시긴, 각하께서 그렇게 말씀해 주시니 몸 둘

바를 모르겠네요."

대통령은 기업인들과 친화적인 모습을 보여주었다. 위엄과 위계질서가 난립하는 곳이 아닌 마치 공생 관계처럼 보이는 것이 과거와 달랐지만, 어떤 의미로는 위험해 보이기도 했다.

"그럼 내 질문을 하나 해봐도 되겠나, 김대남 대표."

대통령은 연륜이 깃든 눈동자로 대남을 응시하며 물었다.

"앞으로 대한민국의 경제가 어떻게 될 거 같은가?"

상당히 포괄적인 질문이다. 일단 경제의 미래를 알려면 염두에 두어야 할 것이 한두 개가 아니기 때문이다. 간단히 대답할 만한 질문이 아니었다. 하나 대남은 망설이지 않고 단언했다.

"요동치게 될 겁니다."

"요동······?"

대남의 갑작스러운 말 때문에 대통령이 미간을 좁혔다.

비서실장 황정세의 얼굴이 시퍼렇게 질려 들어갔고 이는 민정수석, 정부수석도 마찬가지였다.

조금 전 대기실에서 대남과 대화를 나누었던 네 명의 노인만이 흥미로운 시선으로 바라보고 있었다.

"그게 무슨 말인가?"

대통령이 불편이 가득한 목소리로 운을 띄웠다.

"말 그대로, 대한민국 경제가 요동을 치게 될 거라는 뜻입니다."

"……!"

"김 대표, 여기가 어떤 자리인데, 각하 앞에서 말이 심하군
요!"

비서실장이 다급히 언성을 높였다. 그는 아직까지도 광진건
설의 김철산 사장을 이 자리에 못 앉힌 것이 천추의 한으로 남
아 있었다.

더불어 청와대 만찬에 오기 전 김대남이 김철산 사장을 지
목해 비아냥거렸다는 것은 이미 소식통을 통해 접했다.

"각하. 김 대표가 아직 나이가 어려 사리 분별에 어려움을
겪고 있는 것 같습니다. 경제의 미래에 관해서는 아무래도 다
른 기업인들에게 묻는 것이……."

"아니, 난 김대남 대표의 말을 더 들어보고 싶네."

"……."

비서실장의 얼굴이 더욱 볼만해졌다. 대남이 혹여 이 자리
에서 입방정이라도 떨게 된다면 그 후폭풍을 어떻게 감당할
수 있으랴. 김대남 본인에게도 피해가 가겠지만 대통령을 최측
근에서 보좌하는 자신에게도 악영향을 끼칠 게 분명했다.

하지만 대남은 그러한 비서실장의 생각을 아는지 모르는지
짐짓 뜸을 들이다 입을 열었다.

"현재 대한민국 기업들의 부채 비율은 과도하다 싶을 정도

로 높습니다. 그 이면에는 과거 급격한 경제성장을 이룩하면서 성장제일주의에 바탕이 된 외형 확대에 정부가 나서 지원을 아끼지 않았기 때문입니다."

"그 문제라면 이미 알고 있네, 하지만 시간이 지나면 해결될 문제인 것을. 그릇을 키웠다고 해서 물이 빠져나가는 건 아니지 않나. 오히려 계속해서 차오를 테지."

"만약 그 그릇이 깨지게 된다면 어떻게 하시겠습니까?"

그릇이 깨진다는 뜻은 곧 기업의 분열을 뜻했다. 대남의 말 한마디에 장내에는 적막한 침묵만이 감돌았다.

"그 말인즉, 여기 있는 기업들의 존폐도 위험하다는 말처럼 들리는데."

침묵 속, 말문을 연 것은 다름 아닌 대오그룹의 오영신이었다.

하얀 수염을 어루만지며 말하는 그의 얼굴에는 일전에는 찾아보지 못했던 감정의 변화를 포착할 수가 있었다.

오영신은 상석에 앉은 대통령을 바라보며 계속해서 말을 이었다.

"각하, 지금 이 자리에 있는 기업들은 전부 수십 년의 세월을 이 대한민국 땅에서 버텨왔습니다. 한낱 위기론에 무너질 기업이라면 여기까지 오지도 못했을 겁니다. 김대남 대표의 평가는 흘려들으심이 낫겠다 생각됩니다."

"여기 있는 다른 분들도 그렇게 생각하십니까?"

"그렇습니다, 각하. 김대남 대표의 경영 수완이 뛰어난 것은 사실이나 조국의 미래 경제까지 맞추기에는 경험이 아직 많이 부족합니다. 더불어 아직 황금양이라는 작은 기업의 대표에 불과합니다. 대한민국이라는 거대한 나라를 판단하기에는 무리가 있다고 생각됩니다."

오영신의 말을 한영그룹의 한건화가 부리나케 동조를 해왔다. 그는 계속해서 날 선 표정으로 대남을 흘려보고 있었다. 비서실장은 그제야 안도의 한숨을 내쉴 수가 있었다.

하지만 대통령은 대남을 향해 한 번 더 물었다.

"관록이 있다 할 수 있는 대기업의 회장들의 생각이 이러한데, 김대남 대표의 생각에는 아직도 변화가 없나?"

대한민국의 경제에 근본적인 문제가 있다고 말하는 대남의 질타를 대통령 입장에서는 고깝게 들릴 게 분명했다.

대기업의 회장들 또한 마찬가지였다. 저들의 부채를 문제 삼아 말하는 대남의 모습이 좋게 보일 리 만무했다. 그 증거로 대남에게 꽤 호의적이었던 순성그룹의 서인숙마저도 이제는 표정이 좋지 아니했다.

'폭풍전야.'

대남은 대한민국의 경제성장을 돌이켜보며 급격한 성장의 원동력 뒤에는 그만한 대가가 뒤따를 것이라 짐작했다.

기업들은 혹여 그 사실을 알고 있을지라도 눈감을 게 분명

했고 정부 입장에선 귀담아들으려 하지도 않았다. 더군다나 이 자리에 있는 기업인들은 사분오열되는 담록을 먹어치우는 데 정신이 팔려 있었다.

"죄송합니다. 제 생각이 짧았습니다."

대남이 의외로 고개를 숙이고 들어오자 침묵이 감돌았던 장내는 다시 따뜻한 바람이 불기 시작했다. 대통령은 자신이 뽑았던 인재가 예의 그럴 줄 알았다는 듯 흡족한 미소를 짓고 있었다.

'돌이킬 수 없다.'

대남은 작금의 경제 상황은 이미 돌이킬 수 없는 강을 건넜다 생각했다. 무지몽매라 표현할 만큼 대한민국 정부는 미래에 다가올 상황을 예상하지 못하고 있었다. 혹은 이를 알고 있는 누군가의 의견이 묵살되었을 가능성도 배제할 수 없었다. 한창 경제성장을 이룩하는 와중에 찬물을 끼얹는 소리는 그 누구라도 싫어할 테니 말이다.

"자, 다 같이 한 잔 들지!"

대통령이 잔을 들어 보였다. 고급 양주가 아닌 안동소주가 담긴 청자기 잔이 영롱하게 빛이 났다.

잔을 들어 한입에 털어 넣자 화한 목 넘김이 느껴졌다. 하지만 노회한 회장들의 얼굴은 이 술이 그 어떠한 과실 음료보다 더욱 달콤하게 느껴진다는 것을 말하고 있었다.

누군가에게는 쓰고, 누군가에게는 달콤한 것이 바로 작금의 대한민국이었다.

⬤

만찬이 끝나고 잠깐이지만 개인 시간이 주어졌다. 대개 두 시간에 걸쳐 진행되는 청와대 기업인 만찬의 경우 대통령과 함께 조찬으로 끝나는 경우가 대부분이었지만 오늘만큼은 특별히 작은 티타임까지 마련되었다. 바쁜 정무 활동을 보내려면 시간이 부족할 터인데 대통령께서 오늘 이 자리가 꽤나 마음에 드신 눈치였다.

"자네, 입조심 하게나."

자리가 파한 틈을 타, 비서실장 황정세가 대남에게로 다가왔다. 그는 시종일관 대통령의 비위를 맞추느라 진땀을 흘렸다.

"검찰에 있을 때부터 관심받는 걸 좋아하는 줄은 알았지만 이 자리가 어디라고 그따위 되먹지 못한 주관을 멋대로 내뱉나. 옛날 같았으면 이 자리에 있지도 못할 것이 말이야. 미꾸라지 한 마리가 온 웅덩이를 흐린다더니 옛말 하나 틀린 것 없군."

비서실장은 대남을 향해 적개심을 감추지 않고 드러내고 있었다. 비단 만찬장에서 있었던 일화로는 설명이 되지 않았다.

비서실장은 저가 이토록 노기를 드러냈는데 대남에게서 별다른 응답이 없자 볼가를 더욱 실룩였다.

"부친께서 금양이라는 출판사를 운영하고 계시더군, 과거 불온서적을 발행했던 곳이 아닌가? 그 덕분에 몇 번의 영업정지 처분을 받았던데 앞으로도 조심하는 게 좋을 거야. 아무리 세상이 좋아졌다고 한들 분수에 맞게 놀아야 하지 않겠나."

"말씀이 심하십니다. 과거 불온서적으로 영업정지를 당했던 것은 문민정부가 들어선 뒤 재심을 통해 무혐의 처분을 받았습니다만."

"내 말이 말 같지 않은가! 나 청와대 비서실장이야. 자네가 아무리 날고 기어봤자 내 발끝에라도 미칠 수 있을 것 같은가? 각하께서 자네를 좋게 봐서 망정이지, 그러지 않았다면 지금쯤 내곡동에서 온갖 고초는 다 겪었을 것이야."

비서실장은 대남을 단단히 혼쭐내기로 마음먹은 듯했다. 그렇지 않고서야 이런 외진 자리에서 대남을 따로 불러내 윽박을 가할 리가 없었기 때문이다.

자라나는 싹을 제멋대로 요리하기 위해 지르밟는 것이 눈에 훤히 보일 지경이었다.

"김철산 사장 때문에 이러는 겁니까?"

"……!"

대남의 갑작스러운 발언에 비서실장의 눈이 부릅떠졌다. 광진건설 김철산이 청와대에 로비를 한다는 것은 공공연한 사실이었고 그 주체가 누구인지만 가림막에 씌워져 있는 상태였다. 하지만 대남은 비서실장의 반응을 보고 그 주체가 누구인지 쉽게 짐작할 수 있었다.

"무, 무슨 소리!"

비서실장이 또다시 언성을 높이려던 그 순간, 대남에게로 또 한 명의 인영이 스스럼없이 다가왔다.

"김 대표가 비서실장님과 대화 중이었군요."

비서실장은 갑자기 다가온 오영신의 모습을 보고 급히 표정을 수습했다.

"크흠, 김 대표와 잠깐 할 말이 있어 이야기 중이었습니다. 오 회장님은 무슨 일로? 내게 할 말이라도 있습니까."

오영신의 시선은 비서실장에게서 곧장 대남에게로 향했다.

"저도 김 대표와 할 말이 있습니다만."

오영신의 말 한마디에 비서실장이 마른 입술을 쓸었다. 하지만 오영신이 비켜줄 기세를 보이지 않자, 어쩔 수 없이 자리에서 일어났다. 비서실장은 대남의 곁을 지나치면서까지 날 선 시선을 거두지 않았다.

"비서실장 앞에서 한 수 접어줄 만도 하건만."

오영신은 조금 전 비서실장과 대남의 대화를 들은 듯했다. 그는 습관처럼 자신의 허연 수염을 매만지면서 말을 이어나갔다.

"자네는 상대를 가리지 않고 고개를 뻣뻣하게 든다는 게 장점이자 단점이야. 비서실장 황정세는 대통령 앞에서는 쓸개라도 빼줄 듯한 아첨꾼의 모습이지만 분명 그 위력은 무시 못 할 수준이지. 문고리를 담당하는 비서실장의 실질적인 권력은 국무총리도 못 당해내니 말일세."

"그건 회장님께서도 마찬가지 아닙니까."

"나야, 그만한 위치가 되니까 그런 게 아니겠나."

오영신은 소파에 등을 깊숙이 기대어 보였다. 그의 얼굴에는 여유로움이 가득했다. 기억을 되짚어보면 대통령 앞에서도 마찬가지였다. 하지만 그건 대남도 마찬가지였다.

"난 자네의 대담성과 통찰력을 높이 사네, 대한민국의 경제는 분명 문제가 있어."

대통령의 앞에서 했던 말과는 자못 다른 모습이었다.

"하지만 일시적인 성장통에 불과할 뿐이야. 자네의 말과는 상반되게 대한민국의 금융산업은 날이 지나면 지날수록 빛나는 성장을 기록하고 있지. 허울에 불과해도 좋네, 일단 규모를 크게 만들고 나서 내실을 채워나가는 것이 우리나라가 선진국으로 도약할 수 있는 방법이지."

"조국을 위하는 것이라."

"그래, 조국을 위하는 것이지."

사람은 자신 앞에 있는 물욕 때문에 사리 분별이 흐릿해지는 경우가 잦다. 작금의 오영신이 그러했다.

대오그룹이라는 대한민국 경제의 한 축을 담당하는 거대기업을 운영하고 있지만 그 또한 한낱 사람에 불과한 것이었다.

"좀 솔직해지시죠. 조국이 아닌 기업, 즉 자신을 위한 것이 아닙니까?"

대남의 물음에 오영신은 짐짓 뜸을 들이다 크게 웃어 보였다. 그러고는 곧장 비장한 표정으로 나직이 말했다.

"나에게는 대오그룹이 곧 조국일세."

대오그룹에 일평생을 바친 그로서는 대오 자체가 자신과 동일 선상에 두고 있을 터였다.

"내 밑에서 일해 보는 게 어떻겠나."

뜻밖의 제안이었다. 오영신의 눈동자는 탐욕스럽게 이글거리고 있었다.

"황금양을 포기하라는 말은 아닐세. 황금양과 대오가 공조를 하게 되는 것이지. 그리고 자네는 내 밑에서 직접적으로 일을 하면 되는 것이야. 황금양이 지금은 성장세를 보이고 있다지만 그것도 잠시일 테지. 노는 물이 달라야 성장도 더욱 빨라지는 법이네."

파격적인 제안이 아닐 수 없었다. 담록이 무너지고 현재 대한민국 재계 서열 1위라 불리는 오영신 회장의 직접적인 스카우트는 그 누구도 듣도 보도 못했을 엄청난 일이었다.

범인이라면 혹할 만한 제안이었지만 대남은 망설이는 기색 없이 고개를 저어 보였다.

"죄송합니다."

침몰하는 배에 올라탈 수는 없다, 대남은 그 뒷말을 속으로 삼켰다.

- 3장 -
폭풍전야

"죄송하다는 그 말인즉……."

오영신은 알 수 없는 표정을 지어 보이며 말꼬리를 흐렸다. 그의 입장에선 대남의 결정이 이해되지 않는 듯했다.

"김대남 대표, 자네가 여태껏 걸어왔던 길은 분명 범인으로서는 상상할 수 없을 정도로 엄청났지. 남들은 전부 자네를 가리켜 이해타산이 어려운 정의감에 물든 놈이라 손가락질하지만 난 다르게 생각했네. 분명 어느 길이 성공하는 길인지 알고 있었어. 타인에게는 거침없어 보일지 모르나 본인의 생각은 분명 달랐을 테지."

오영신은 하얀 수염을 매만지며 말을 이었다.

"확신, 자네에겐 그러한 믿음이 있어. 아니, 어떻게 보면 믿음보다 한 차원 높은 단계일지도 모르지. 그렇지 않고서는 지금까지 자네가 걸어왔던 길이 설명되긴 힘들지."

오영신은 날카로운 눈동자로 대남을 응시했다. 검찰 시절 김대남이라는 인물은 사회지도층들에겐 골칫거리로 여겨졌지만 기업인들에겐 한 층 더 성장할 수 있는 매개체가 되었다. 그리고 황금양의 증식 속도는 일개 중소기업의 성장이라 보기에는 무리가 있을 정도로 엄청났다. 오영신은 그 이면의 정답이 바로 대남에게 있을 것이라 확신했다.

"황금양이 성장 가도를 달리고 있다고는 하지만 한계가 있을 터인데, 대오와 손을 잡지 않겠다는 자네의 뜻에 대한 이유를 더 구체적으로 말해줄 수 있겠나."

"그저 황금양이 대오와는 기업 색 자체가 맞지 않기 때문입니다."

"영화 산업을 이끄는 기업들이 계열사를 거느린 거대 그룹과 손잡는 일이 흔한 일은 아니지만, 그렇다고 아예 없는 일도 아니지 않나? 오히려 독점성이 강한 그쪽 시장에 큰 입김으로 작용할 텐데 말이지."

네가 숨기고 있는 것을 말해봐라, 오영신의 목소리는 그렇게 말하고 있었다.

"검찰에 있을 때, 담록의 후계자 또한 저에게 자신의 밑에서 일해볼 것을 제안한 적이 있습니다."

"제일선이의 핏줄인 만큼 사람 보는 안목은 있을 테지. 그래, 그것 또한 거절했나?"

"그렇습니다."

오영신의 표정이 미묘해졌다. 제일선이가 죽었다고는 하지만 담록은 명실상부 대한민국 제일의 그룹이었다.

"검찰에 있었을 무렵이면 담록그룹의 크나큰 치부를 전부 알고 있었을 텐데……."

오영신이 또 한 번 말끝을 흐렸다. 하이리스크 하이리턴이라 했다. 담록그룹의 치부를 알고 있지만 그만큼 담록그룹 내부에서 후계자 다음으로 큰 영향을 발휘할 수 있었을 터였다. 한데 그런 대박을 차버리고 담록을 무너지게 만들었다.

'야망이 있는데, 담록에 이어 대오를 차버리다니.'

오영신의 머릿속은 복잡하게 휘몰아쳤다. 제아무리 황금양이라는 기업에 대한 잠재 가치를 믿고 있다고 한들 담록과 대오의 손을 잡는 것보다 크게 성장할 수는 없었을 것이다.

성공 가도를 달리길 원하고 야망이 있는 남자라면 기회를 놓치지 않는 법이다. 하지만 불세출의 천재라 평가받는 김대남이 두 번의 기회를 허사로 만들었다니, 고민이 깊어질 수밖에 없었다.

"설마."

변화가 없던 오영신의 얼굴에도 미묘한 흔들림이 생겼다. 그의 주름이 미묘한 파도처럼 흔들렸다. 하지만 그는 뒷말을 끝내 말하지 않고는 삼켰다.

"자네의 뜻은 알겠네, 이만 일어나 보도록 하지."

대남을 처음 찾았을 때와는 상반되다시피 한 모습이었다. 오영신은 회장 자리에 오르기까지 수많은 인재를 만나왔다. 하지만 단연코 한 명을 뽑으라면 대남과 담록의 제일선을 염두에 둘 것이다.

하지만 제일선은 이미 죽었다. 그의 의견을 물어볼 수는 없을 터. 대남이 생각하고 있는 담록과 대오의 공통점이 오영신에게 불안이 되어 다가왔다.

'대오가 망한다…….'

"어림도 없는 소리."

오영신이 날 선 표정으로 걸음을 옮겨나갔다.

이윽고 짧은 티타임 시간이 마련되었다. 예정에 없던 행사였지만 대통령이 원하니 대기업 회장들이라 할지라도 자리를 빠질 명목 따위는 없었다.

비서실장 황정세는 조금 전 대남에게 당했던 치욕을 아직도 생각나는 것인지 이따금 눈을 부라렸다.

오영신은 찻잔을 입에다 대고 골똘히 생각에 빠진 눈치였다.

"자네 같은 인재는 우리 정부가 시행했던 국가 정책들에 대해 어떻게 생각하는지 궁금하군."

대통령이 대남을 바라보며 은연중에 물어왔다. 갑작스러운 질문이었지만 대남은 거리낌 없이 대답했다.

"지난날 실시되었던 금융실명제는 잘못된 금융 관행으로 파급된 지하경제를 축소시키는 데 큰 역할을 했습니다. 금융 거래의 정상화를 통해 합리적인 과세기반이 마련되었으니 이보다 나은 정책은 없겠지요. 특히 정경유착의 골칫거리였던 비자금 문제가 축소되었지 않습니까."

"……!"

정경유착이라는 말 한마디에 비서실장과 기업인들의 이맛살이 동시에 찌푸려졌다. 하지만 대통령은 오히려 인자한 미소를 지어 보이며 호쾌하게 말했다.

"그랬지, 정경유착에 사용되던 비자금이 줄어서 내가 한소리를 꽤 들었어. 과거 정부 또한 그걸 우려해서 시행착오를 겪었는데, 내 이번엔 그냥 밀어붙였지. 또 다른 의견은 없나?"

"왜 없겠습니까, 군부 세력을 엄벌에 처한 것은 각하께서 이뤄내신 가장 큰 업적이 아니십니까."

지난 정권을 장악했던 군부정권을 몰아낸 대통령의 결단은 대남으로서도 박수를 쳐줄 만한 일이었다.

'하나회'라는 군부세력집단을 단칼에 베어내는 것은 웬만한 범인으로서는 상상도 할 수 없는 용기가 필요했다.

불과 십수 년 전 군부의 쿠데타로 통수권자의 자리가 바뀌지 않았는가, 문민정부의 시작을 알린 작금의 대통령이 아니었다면 이 정도의 물갈이는 불가능했으리라.

"기분 좋군, 이런 날에는 술을 더 마셔야 하는데. 이거 원, 저녁에도 업무가 있으니."

대남이 입을 한 번씩 뗄 때마다 노회한 회장들은 가슴을 졸였다. 혹여나 재계에 대한 쓴소리를 대남이 내뱉을까 염려되었다. 만약 그랬다간 미루어 짐작하건대 자신들에게도 불똥이 튈 게 뻔했다.

"정세, 오늘 저녁 업무가 뭐라 했지?"

"각하, 금일 저녁 비행기로 일본 하시모토 내각 인원들이 방한하기로 했습니다."

"에이, 그놈들이 뭘 말할지야 뻔하지. 또 지난번 총독부를 강제 철거한 거에 대한 반발심이 한껏 차올랐을 테지. 그런 쓸데없는 자리는 내 최대한 만들지 말라고 하지 않았나."

"죄송합니다. 제 선에서 마무리하고 싶었지만 일본 정부에서 무척이나 강경하게 각하를 뵙고자 하는 요청하기에……."

조선총독부 폭파 사건이라 불리는 사건 덕분에 대통령의 위상은 연일 최고가를 경신하고 있었다. 특히나 일본을 향해 '버르장머리 없는' 놈들이라 단칼에 말한 대통령은 역사를 뒤져

봐도 찾기 힘들 것이다. 하지만 그 탓에 일본 정부의 입장은 반한감정이 연일 치솟고 있던 때였다.

"한 회장이 보기에 앞으로 세계정세 속 일본이 어떻게 될 거 같소?"

대통령은 한영그룹의 한건화를 바라보며 넌지시 물었다.

"각하의 말씀대로 정말이지 버르장머리 없는 녀석들이 아니겠습니까. 제깟 놈들이 뭐라고 조선총독부를 문화유산으로 지정해야 한다는 겁니까. 각하의 용단에 제가 다 벌떡 일어나 박수를 쳤습니다. 앞으로 일본은 그렇게 안하무인으로 행동하게 된다면 또다시 버블경제를 겪고 세계정세 속에서 도태될 게 뻔합니다."

기업의 회장으로 대답하기보다는, 대통령의 비위를 맞추고자 하는 심산이 강했다. 실질적으로 일본이 향후 성장할 가능성이 있다 하더라도 지금 이렇게 대답하는 것이 최선이라 생각했다.

"오 회장이 보기에도 그렇소?"

대통령이 고민에 잠긴 오영신을 향해 물었다. 그 탓에 혼자만의 생각에 빠졌던 오영신이 급히 깨어나 대답했다.

"저 또한 그렇게 생각합니다. 각하, 하지만 늙은 저희의 대답을 들어봐서 뭐하겠습니까. 앞으로 실질적으로 대한민국 경제와 함께 성장해 나갈 친구에게 묻는 것이 더 낫지 않겠습니까?"

오영신의 말에 모두의 이목이 대남에게로 집중되었다. 대통령은 대남이 참으로도 마음에 들었던 모양이다.

군부정권의 잔재들은 자신이 엄벌백계를 내렸지만 검찰 내에 좀먹고 있던 세력에 대해서는 어찌할 방도가 없었다. 그러다 대남이 혜성처럼 나타난 것이었다. 가려웠던 부분을 속 시원하게 긁어준 대남이 반갑기도 했을 것이다.

"그렇지, 김 대표의 생각을 안 들어볼 수 없지."

대통령은 마치 손자를 바라보듯 흐뭇한 미소를 지어 보이며 물었다.

"앞으로 일본과 대한민국 중에 어느 국가가 더 성장할 것 같은가? 약관을 넘은 지 채 십 년이 지나지도 않았는데 그 정도 사업 기반을 쌓아 올렸다면 안목 하나는 믿을 만할 테지. 한번 허심탄회하게 말해보게나."

객관적인 지표로 진실을 말해서 경종을 울려야 하는 것일까, 아니면 한건화, 오영신과 마찬가지로 입에 발린 소리를 해야 할까.

조금 전 고뇌에 잠겼던 오영신 또한 대남의 대답이 자못 궁금한 표정이었다. 대통령의 시선을 한 몸에 받던 대남이 잠시 고민을 하다 말문을 열었다.

[청와대 기업인 만찬, 거물들 속 김대남 대표.]

[숲, 기업인 만찬 속 김대남 대표에게 칭찬 줄이어!]

[대오, 한영, LK, 순성 대한민국의 4대 그룹 저력을 보이다!]

청와대 기업인 만찬이 끝나고 기사들이 우후죽순으로 도배되었다. 청와대 측에서 제공한 기업인 만찬 사진이 대부분의 신문사 일면 헤드라인을 장식했다.

대남의 아버지는 조간신문부터 수놓은 아들의 칭찬 행렬에 어쩔 줄 모르는 표정이었다.

"대남아, 대견하다. 대견해!"

대한민국의 경제를 지탱하고 있다 해도 과언이 아닌 기업의 회장들과 어깨를 나란히 한 채 사진을 찍은 대남의 모습은 성공한 기업인 그 자체로밖에 보이지 않았다. 더군다나 대통령까지 직접 대남을 칭찬했다는 기사의 말들이 이어지고 있었다.

집안의 전화기는 쉴 틈 없이 울려댔고 아버지와 어머니의 입가에선 미소가 떠날 생각을 하지 않고 있었다.

"뭘 그리 보냐?"

아버지는 대남이 신문을 손에 붙잡고 놓지 않고 있자, 미소를 지으며 물었다. 아무래도 신문에 대서특필된 적이 많은 대남이라고 할지라도 대통령과 함께 찍은 사진의 감회는 색다를 것이라 생각한 것이다. 하지만 실상은 달랐다.

"볼 게 있어서요."

대남의 시선은 신문 일 면을 향하지 않고 있었다. 신문을 몇 장 넘겨 거의 맨 마지막 끝자락에 위치한 경제칼럼을 보고 있었다.

자그맣게 신문의 한 곳을 장식하고 있었지만 내용은 분명 심상치 않았다.

[태국 외환 금융위기의 나락으로 빠지나?!]

"태국?"

아버지는 대남의 시선이 향한 칼럼의 제목을 보고 고개를 갸웃거렸다.

칼럼의 주된 내용은 태국의 바트화 가치가 고평가되어 있어 환투기 세력이 판을 치고 있다는 것이었다.

태국 정부가 직접 나서서 투기세력에 맞서 국고에 보관 중인 달러를 투입하겠다고 공언했지만 결과가 어떻게 될지는 미지수였다.

가깝다면 가깝다 할 수 있는 동남 아시아권 국가였지만 체감에 와닿지 않아서일까, 아니면 국가가 직접적으로 관심을 보이지 않아서일까. 아직 국내에선 태국의 상황에 주목하고 있지 않았다.

"이게 무슨 말이냐? 대남아?"

아버지는 기사의 내용을 읽었지만 이해가 되지 않는지 대남을 바라보며 되물었다. 대남은 그러한 물음에 나지막이 말했다.

"폭풍전야가…… 시작되었다는 거죠."

태국발 금융위기의 신호탄을 알아차린 이들은 국내에 몇 없었다. 설령 있다고 한들 의견이 묵살될 게 분명해 보였다.

태국에서의 위기가, 대한민국에까지 미칠 리가 없지 않냐는 것이 중론이었으며, 대부분이 다가올 금융산업의 호재에 들떠 있었다. 하지만 나비효과는 이미 일상생활의 작은 부분에서부터 점차 시작되고 있었다.

"아니, 장씨. 가격이 이렇게나 올랐다고?"

가구공장을 운영 중인 김씨는 매주 월요일 아침마다 목재를 대량 매입했는데, 금일 아침에 나온 시세 조정표를 보고는 미간을 좁혔다.

"어쩔 수가 없다고, 우리라고 그렇게 팔고 싶은 줄 아나."

"아니, 그래도 일주일 사이에 합판 한 장당 이백 원이나 오르면 어떡해!"

김씨는 언성을 높였지만 저가 목수리를 높인다고 해서 가격이 내려가지 않는다는 것을 이미 알고 있었다.

목재 중개상은 고개를 절레절레 저어 보이며 김씨를 달랬다.

"김 사장도 이 바닥에 십수 년을 있었으면서 목재 가격 변동 가지고 뭘 그려. 정 그러면 다음 주에 사 가, 그때 되면 물량이 있을랑가 모르겠지만 가격은 좀 떨어지겠지."

수입을 하는 목재는 환율에 민감하다. 특히 가구에 쓰이는 합판은 가격 변동이 심한 물품 중 하나였다.

중개상은 김씨가 밀려드는 주문 탓에 목재 구입을 미룰 수 없다는 것을 알고는 짐짓 으름장을 놓은 것이다. 연초를 말아 문 김씨는 어쩔 수 없이 저번 주보다 장당 200원 오른 가격에 목재를 매입할 수밖에 없었다.

"어차피 은행에만 넣어놔도 이자가 따박따박 나오는 세상인데, 너무 열심히 일하는 거 아니여? 김 사장."

은행에만 넣어놔도 고금리가 상상을 초월했기에 말 그대로 돈이 돈을 낳는 세상이었다. 작금의 금융산업이 서민들을 웃게 했지만 그것이 얼마나 갈지 그때 그들은 새까맣게 모르고 있었다.

한영그룹 회장실에선 노회한 한건화가 안경을 고쳐 잡으며 눈을 가늘게 떴다.

그의 검버섯이 핀 손아귀에는 조간신문이 들려 있었다. 신문 일 면을 꼼꼼히 살펴보던 한건화는 혀를 차며 말했다.

"나에 대한 언급이 적군, 그 애송이 놈보다 말이야."

청와대 기업인 만찬의 초점이 대남에게로 맞춰진 것에 불만을 품은 목소리였다. 그나마 다행이라면 대오그룹의 오영신 다음으로 자신이 많이 언급되었다는 사실이다.

한건화가 기사를 찬찬히 읽어나가고 있을 찰나, 문 너머로 노크 소리가 들려왔다.

"들어와."

문을 열고 들어온 이는 다름 아닌 한영철강의 한성우 사장이었다. 그는 한 회장의 장남으로 오랜 도피유학 끝에 낙하하다시피 한영철강의 사장 자리를 꿰찬 인물이었다.

말을 할 때 눈을 가늘게 뜨는 것이 버릇인 그는 외관이 그의 아버지와 똑 닮아 있었다.

"어떻게 됐어?"

한 회장은 아들의 얼굴을 힐끔 확인하고는 신문에서 눈을 떼지 않은 채로 말했다.

"산업은행에서 대출을 더 허가하겠다고 합니다. 아버지. 정부와 은행 채권단 쪽에서도 긍정적인 의사 표시를 했고 말입니다."

한성우는 한 건 해냈다는 표정으로 잔뜩 들뜬 모습이었다.

한영철강은 90년대 초부터 3조 원 규모의 당산 제철소 프로젝트를 실시했다. 대규모 프로젝트였음에도 정부의 견제를 받기는커녕, 전폭적인 지원 아래, 제대로 된 사업 검증을 받지 아니한 채 프로젝트는 실시되었다. 물론 그 이면에는 한영그룹의 압력 행사가 있었다.

"제깟 놈들이 버텨봐야 얼마나 버틸 수 있다고 말이야, 내 전화 한 통이면 끝날 문제지. 이번에 산업은행에서 대출금을 얼마나 더 증액해 주겠다고 하더냐."

"애당초 대출금 1조 4,300억 원에서 추가로 5,700억 원이 늘어 총 2조 원가량 정도입니다. 이 정도면 프로젝트 막바지까지 자금 수급 문제없이 수월하게 진행할 수 있습니다."

최초 당산 제철소의 프로젝트 투자 비용은 3조 원이었다. 하지만 사업이 진행됨에 따라 투자 비용은 늘어났고 종국에는 5조 원 정도까지 늘어나게 되었다.

일부 철강업계에서는 한영철강의 당산제철소 프로젝트를 두고 말도 안 되는 무리한 계획이라 비난했지만 결국 묵살되었다.

"그래, 사업은 크면 클수록 좋다. 눈먼 돈을 먹기 딱 좋으니 말이야. 성우야 넌 지금은 한영철강의 사장이지만 훗날 나를 이어 한영이라는 거대한 그룹을 운영할 사람이다, 알겠냐? 이번 성과가 그룹 임원진들에게 네 존재감을 확실히 드러낼 수 있는 기회가 될 게야."

해외에서 온갖 사고를 치며 골칫거리였던 아들이 나이를 먹고 철이 들어 경영을 배워보겠다 말했다.

과거의 한건화였다면 호랑 말코 같은 망나니 아들에게 사업체를 맡기지 않았겠지만 그 또한 나이가 들었고 후계를 준비해야 하는 입장에 이르렀다.

피는 물보다 진하다 하지 않았는가, 아무리 망나니라도 아들은 버릴 수 없는 법이었다.

"우리 대표님 정말 잘나가시네."

조간신문을 받아본 황금양 직원들의 얼굴에는 들뜬 기색이 역력했다. 저들의 대표가 국내 유명 회장들과 어깨를 나란히 한 것도 모자라 대통령 옆에서 사진을 찍은 것이 일면을 장식했으니 말이다.

이를 토대로 황금양의 가치가 올라갈 것은 자명한 일이었다. 주가가 급등할 호재거리가 다가온 것 마냥, 황금양 내부에선 하루 종일 기사에 대한 이야기로 꽃을 피웠다.

'대국민 오디션'이 본방송에 접어들면서 받았던 후광이 청와대 기업인 만찬에서 대통령이 대남을 극찬했다는 기사 내용으로 화룡점정을 찍고 있었다.

그 와중에 대남은 TV에서 흘러나오는 속보를 보며 고민을 거듭했다.

-한영철강 대규모 당산 제철소 사업에 박차를 가하다! 금융권 전격 투자 결정!

언론에서는 한영철강의 당산제철소 사업을 두고 너 나 할 것 없이 칭찬 일색이었다.

하지만 대남의 표정은 좋지 아니했다. 당산제철소 프로젝트는 부채의 비중이 너무나도 컸으며 사업의 타당성에 대한 실체가 드러나지 않았기 때문이다.

눈 가리고 아웅 하듯 부채가 상당해 위험부담이 큰 사업임에도 불구하고 언론에선 그 사실을 부각하지 않았다.

금융권이 무리한 투자를 결정한 이유에 대해서는 간단하게 설명할 수가 있었다.

한영그룹의 회장 한건화의 외압과 더불어 한건화가 청와대 기업인 만찬에 초청받았다는 사실은 그가 신군부정권에 이어 문민정부에서도 큰 힘을 행사하고 있다는 증거였다.

다들 머리를 조아리기 바쁘지, 한영이 준비하는 사업에 감히 토를 달수 있는 이는 없었을 것이다.

"폭탄 돌리기라도 하려는 것인가."

대남은 뉴스를 보며 나지막이 중얼거렸다. 상식으로 이해되지 않는 일들이 벌어지고 있었기 때문이다.

한때 철강산업의 전문가들이 한영철강의 행태를 보고 무리한 사업이라며 우려 섞인 목소리를 높이기도 했지만 뉴스의 내용에는 그러한 우려가 전혀 드러나지 않고 있었다.

똑똑-

애먼 노크 소리가 끝나기도 전에 비서가 들어왔다. 비서는 대남을 향해 자랑하듯 말했다.

"대표님, 지금 대오그룹에서 연락이 왔는데 말입니다."

"대오그룹?"

"예, 대오그룹의 오영신 회장 측에서 대표님과의 만남을 청해왔습니다."

비서의 입장에선 들뜰 수밖에 없었다. 자신이 모시고 계시는 대표의 위상이 높아졌음을 시사하는 전화였기 때문이다.

대한민국 재계 서열 1위가 직접 대남을 만나겠다고 전화를 해왔다. 불과 수년 전의 황금양이었다면 상상도 못 해봤을 일이다. 하지만 비서와 상반되게 대남의 모습은 전혀 기쁜 기색이 아니었다.

또 오영신 회장인가?

아직도 청와대에서의 일을 마음속에 품고 있는 것일까, 대남의 머릿속이 복잡해졌다. 하지만 그를 피할 이유는 없었다.

오히려 어지러워져 가는 국내 상황을 파악하기에 그만한 인물을 만나는 것보다 더 좋은 방법은 없을 터였다.

"좋습니다, 약속을 잡아두세요."

청담동의 고즈넉한 요정에서 대남과 오영신은 마주했다. 요정 별관 자체를 통으로 빌린 것인지 종업원을 제외하고는 사람 발소리 하나 들리지 않았다.

오영신은 청자기 잔에 술을 따르며 말했다.

"오늘 기사 보았나? 자네 이야기가 많더군, 각하께서도 칭찬 일색이었으니."

대남이 술병을 건네받아 오영신의 잔에 술을 따르며 대답했다.

"전부 각하와 네 분의 회장님들께서 좋게 봐주신 까닭이 아니겠습니까."

입안으로 술을 털어 넣자 화한 목 넘김이 느껴졌다. 조선 3대 명주라 불리는 감홍로답게 달짝지근한 끝 맛과 달콤한 향이 코 끝을 진하게 맴돌았다.

오영신은 입을 어느 정도 축였는지 그제야 속내를 털어놓았다.

"아무리 생각해 봐도 말이야, 이해가 안 되는 게 있어."

오영신의 이맛살이 잠시 찌푸려졌다가 펴졌다. 풀리지 않는 해답을 마주한 아이처럼 잔뜩 심술이 난 것 같기도 했다.

"자네는 대오가 망할 거라 생각하나?"

오영신의 시선에는 흔들림을 찾아볼 수 없었다. 그것은 대오에 대한 믿음이기도 했다.

자신의 일평생을 바친 곳이니 그럴 만도 할 테지. 이십 대의 탱탱한 피부에서 검버섯이 피기까지 그는 대오를 위해 살아왔다 해도 과언이 아니었다.

"대답이 없군."

대남이 대답을 하지 않고 잠자코 있자, 오영신이 마른 입술을 쓸었다.

"이유를 물어봐도 되겠나."

오영신이 재차 대남을 향해 물었다. 자신보다 대남이 까마득히 어린 후배였지만 궁금증은 꼭 풀어야겠다는 모습이다. 대남은 짐짓 뜸을 들이다 말했다.

"대오의 흥망성쇠를 제가 점칠 수는 없습니다. 다만."

"다만?"

"대오가 가지는 문제점은 분명 앞으로 방해가 될 겁니다."

문제점이라는 말에 오영신의 고민이 깊어졌다. 대오는 명실상부 대한민국 제일의 기업으로 발돋움하고 있었다. 그러한 기업에 문제가 있다니.

대남이 오영신의 생각을 읽었는지 말을 이어나갔다.

"제게 무엇을 주실 겁니까."

"뭐?"

"문제점이 무엇인지 말씀드리면 회장님께서 저에게 무엇을 주실 수 있는지 물었습니다."

당돌함을 넘어서 광오하다 할 수 있는 제안이었다. 재계의 거두에게 이제 막 발걸음을 내딛던 새싹이 충고를 돈을 받고 팔겠다고 하는 격이 아닌가. 황당한 제안이었지만 대남의 표정은 그 어느 때보다 당당했다.

그렇기에 오영신 또한 대남의 제안을 쉽사리 흘려들을 수가 없었다.

"내 앞에서 그렇게 말하는 놈은 세상천지에 제일선이 말고는 없을 줄 알았는데…… 좋아, 수락하지. 다만 자네가 어떠한 말을 할 줄 알고 내가 그 정보에 값어치를 매길 수 있겠나. 먼저 내가 들을 정도의 수준이 된다는 것을 확인시켜 주게."

잡다한 정보로는 저에게서 한 푼도 가져갈 수 없다는 것을 말하고 있었다. 오영신은 하얀 수염을 매만지며 대남의 대답을 기다렸다.

어떠한 말이 흘러나올까 기대가 되는 한편, 뜻밖의 단어가 오영신의 귓가를 울렸다.

"분식회계."

"……!"

오영신의 눈이 부릅떠졌다. 하지만 대남은 아랑곳하지 않고 말을 이었다.

"대오그룹의 분식회계는 이미 상당한 수준에 올랐다는 것을 알고 있습니다. 정상회계 처리되어 있는 부분에서 마이너스 전표를 전산 입력하는 방법으로 매출원가, 외환차손, 지급이자 등 수십 개의 계정을 자유자재로 과소, 과대평가하지 않았습니까."

"……!"

대오그룹은 과거부터 분식회계를 전문적으로 행해왔다. 회장 오영신의 진두지휘 아래 이루어진 분식회계의 수준은 대남의 말처럼 상당한 수준에 이르렀다.

하지만 분식회계 자체를 하나의 부서로 편성해 이뤘기에 입막음 자체가 철저히 완비되고 있었다. 한데, 정보가 흘러나갔다니, 오영신이 믿기지 않는 듯 눈을 부릅떴다.

대남은 그런 그를 향해 담담히 말했다.

"놀라시기는 이릅니다."

이어지는 뒷말에 오영신의 안색이 처음으로 시퍼렇게 질려들어갔다.

"아직 맛보기에 불과하니 말이지요."

오영신이 마른 입술을 쓸었다. 대오그룹이 행한 분식회계에 대한 정보는 그 누구도 쉽게 알 수 없는 것들이었다. 한데, 대남이 그 사실을 알고 있는 것도 모자라 자신이 말한 정보가 맛보기에 불과하다는 말까지 했다.

시퍼렇게 질려 들어간 안색은 오영신이 얼마나 당황했는지를 역력히 말해주고 있었다.

"분식회계에 대한 정보를 어떻게 알게 된 거지?"

애써 목소리를 낮게 깔았지만 대남은 그 속에 숨겨진 흔들림을 모르지 않았다.

"회장님, 세상에 비밀은 없습니다."

짧은 말이었지만 그 무게는 결코 가볍지 않았다. 오영신의 머릿속은 마치 시계 속 톱니바퀴처럼 복잡하게 흘러가기 시작했다.

대오그룹의 회장 앞에서 치부를 들춘 것이나 마찬가지임에도 대남은 전혀 두려워하거나 초조한 모습이 아니었다. 오히려 당당했다.

"자네 말고도 이 사실을 알고 있는 자가 있나?"

오영신이 낮게 으르렁거렸다. 하얀 수염을 매만지던 손은 어느새 청자기 잔을 움켜쥔 채 담홍로를 입속으로 털어 넣고 있었다.

대남은 말없이 미소를 지어 보이며 술잔을 들어 입술을 축였다. 그 모습에 오영신은 더욱 헷갈릴 수밖에 없었다.

"마치 저만 알고 있다면 어떻게 하시겠다는 말씀처럼 들립니다."

"……!"

대남의 말에 오영신이 미간을 좁혔다. 자신 앞에서 저토록 당당할 수 있는 이가 세상천지에 있으리라고는 생각지 못했다. 오영신은 술잔을 내려놓은 채 담담하고도 낮은 어조로 말했다.

"청와대 만찬장에서 만났을 적에도 자네가 평범치 않다고는 생각했었네. 하지만 아직 영글지 않은 과실이라고만 생각했었지. 호랑이 새끼가 기지개를 켜는 건 적어도 내가 은퇴하고 난 후일 거라 생각했었는데 말이야. 하지만 오늘 보니……"

오영신은 대남에 대한 평가를 달리했다.

"호랑이 새끼가 아니라, 호랑이 그 자체로군."

미처 영글지 못한 과실이 아니었다. 오히려 진한 향을 내뿜으며 기개를 드러내는 중이었다.

오영신은 자신이 마주하고 있는 젊은 청년의 기개가 자신의 연륜과 관록에 전혀 밀리지 않는다는 사실에 놀라움을 금치 못했다.

"분식회계가 맛보기라면, 자네가 가진 본 정보는 무엇인가?"

오영신의 물음에 대남은 짐짓 뜸을 들이다 되물었다.

"다시 한번 묻지요, 제게 무엇을 주실 수 있으십니까?"

확실한 약조 없이는 말을 하지 않겠다는 대남의 강경한 태도에 오영신은 골머리를 썩였다.

분식회계에 대한 일부 정보만으로도 대오그룹에 크나큰 치명타를 안겨줄 수 있었다. 한데 대남은 그것이 그저 전초전이라 불과하다 뉘앙스를 띄웠다. 오영신이 고민을 거듭하는 가운데, 대남이 말을 이었다.

"분식회계에 대한 정보는 대오그룹의 성장에 제동을 걸 수 있을지 모르나 무너질 정도는 아닙니다. 실상 대한민국의 정부가 기업 친화적이며 대오그룹에 대한 우호세력이 많은 탓에 이 정도 일은 흐지부지 넘어갈 것이 뻔하죠. 하지만 제가 뒤이어 말할 정보는 다릅니다. 장담하건대 대오가 버티지 못할 수준일 겁니다."

"……!"

대오그룹이 버티지 못한다니? 대남의 말에 오영신은 믿지 못하겠다는 듯 눈을 크게 부릅떴다.

일이 년 된 신생기업이나, 이제 막 주목을 받은 중견기업도 아니었다. 명실상부 대한민국 재계의 선두를 달리고 있는 대오가 무너질 거란 대남의 말은 노스트라다무스의 20세기 종말론보다 더 현실감 없게 들려왔다.

"대한민국의 경제는 예전과 달리 탄탄한 성장을 이룩했네. 판자촌이 도심 일대를 장악하고 집집이 연탄을 피우던 시대는 지나갔지. 이제는 고층건물과 아파트가 자리한 시대가 되었네. 하늘에 맞닿은 63빌딩이 존재하는 시대야. 과거의 그림자에서 벗어나 후진국이라는 오명을 씻은 듯 지워 버렸지. 이런 상황에서 자네는 천하의 대오가 쉽게 무너질 거라 생각하나?"

"새옹지마라, 한 치 앞도 모르는 게 인생살이 아니겠습니까."

"허."

대남이 조금도 망설임 없이 대답하자 오영신이 허탈한 웃음을 토해냈다.

"대오가 무너지는 건 실상 대한민국의 붕괴를 뜻한다는 걸 모르나!"

오영신이 윽박지르는 소리가 대남의 귓전을 울렸다.

대한민국의 붕괴라, 비단 오영신 회장만의 생각은 아닐 것이다. 일전 담록이 무너진 것과는 다른 맥락이었다. 담록은 제일선의 사후 불거진 문제이지만 대오는 오영신이 두 눈을 부릅뜨고 지키고 있지 아니한가. 대한민국 경제의 역사와 함께한 오영신 회장의 관록은 그만큼 대단하게 여겨졌다.

"사람이란 동물은 말입니다. 불가능한 일이라 말하더라도 실상 그러한 일이 벌어진다면 곧장 수긍을 하게 됩니다. 일본의 경제가 저리 무너지게 될 줄 일본국민들은 알았겠습니까. 무너지고 나서야 좌절하고 후회하며 저들의 무지를 한탄했겠지요."

마치 좌절하고 후회할 일을 만들지 말라는 대남의 말에 오영신은 기분이 매우 언짢았다. 하지만 흘려들을 수도 없는 말이었다. 대남의 말처럼 위기는 언제나 급박하게 다가왔고, 그럴수록 손을 쓰기 어렵다는 사실을 오영신은 이미 오랜 경험을 통해 알고 있었다.

"원하는 게 뭔가?"

오영신이 낮은 목소리로 물었다. 대남의 앞에서 여유만만하던 모습은 온데간데없었다. 이제는 대남을 자신과 대등한 한 명의 기업인으로 대하고 있었다. 오영신의 물음에 대남은 담담히 말했다.

"계열사 한 곳을 주십시오."

대남은 자리에 앉아 성황리에 끝난 '대국민 오디션'을 지켜보고 있었다.

전국각지에서 수많은 인원이 지원했고 자신들이 지니고 있던 열정을 기꺼이 쏟아냈다. 개중에는 원석이라 할 만한 자도 더러 있었으며 잠재 가능성이 보이는 이들도 있었다.

결승만을 앞둔 상황에서 예능 채널에선 앞다퉈 '대국민 오디션'에 관한 기사를 다뤘고 시사부에선 하루하루 치솟는 경제 성장률을 자화자찬하기 바빴다.

"권불십년 화무십일홍이라 했거늘."

아무리 대단한 권력도 십 년을 넘기기 힘들고, 아무리 붉고 아름다운 꽃도 십 일을 넘기기 어렵다.

옛 성현들의 말처럼 역사는 반복된다. 무지와 근시안적인 시야를 가진 사회지도층들의 부주의는 크나큰 악재를 불러오게 마련이었다. 작금의 대한민국이 그러했다.

"계열사를 줄 수 없다라……."

대남은 지난밤 대오그룹 오영신 회장과의 만남을 회상했다.

"뭐! 계열사!?"

계열사를 내어달라는 대남의 제안에 오영신은 언성을 높였다. 그의 얼굴에는 불쾌한 기색이 역력했다. 관자놀이 쪽의 혈관은 금방이라도 터질 듯 부풀어 올라 있었다.

"자네가 무엇을 가지고 있는지는 몰라도 건방지게 대오의 계열사를 내어달라니, 지금 그 말을 제정신으로 하는 겐가!"

마치 늙은 사자가 포효하듯 대남을 향해 오영신은 노기를 터뜨렸다. 대오그룹은 자신의 일생일대를 바친 곳인데 대남이 그것의 일부를 탐내자 이빨을 드러낸 것이다.

"대오의 계열사가 한 곳이 없어진다 해서 대오그룹이 무너지지는 않지요. 만약 대오가 무너진다면 계열사뿐만 아니라 전체를 잃는 것입니다. 잘 생각하세요."

오영신의 윽박에도 대남은 호기롭게 말을 하였다.

"됐네, 그런 터무니없는 제안을 할 거면 처음부터 없던 소리로 하지. 세상 물정을 몰라도 너무 모르는 게 아닌가! 애초에 대오가 무너질 정도의 정보가 샜다면 내가 몰랐을 리 없지."

자기 위안을 하듯 오영신은 그렇게 읊조렸다. 대남은 그의 말에 반박하지 않았다. 세상 순리 대남이 아무리 애를 쓴다한들 철옹성같이 마음먹은 자를 회유할 수 없는 법이다.

"약속이 있어 먼저 일어나도록 하지."

오영신은 참다못한 것인지 자리에서 일어났다. 대남은 멀어져가는 그의 뒷모습을 바라보며 생각했다.

선택의 기로에서 잘못된 길을 걷게 되더라도 참고 기다리면 언젠가 다시 기회가 찾아온다 하지만, 대오는 돌이킬 수 없는 길을 건넜다.

같은 시각 대오그룹의 회장실에선 오영신이 지난밤 겪었던 수모를 돌이키며 미간을 사정없이 찌푸리고 있었다.

"애송이가 감히 뭐, 계열사를 달라고?"

오영신은 아직도 화가 풀리지 않은 것인지 대남이 했던 말을 되뇌며 신경질적으로 수염을 매만졌다.

분식회계에 대한 정보는 분명 놀라운 것이었다. 하지만 그 뒤에 어떠한 정보가 있다 한들 계열사를 달라는 대남의 말은 턱없이 못마땅한 것이었다.

"미친 게지."

오영신은 대남의 발언을 미친 소리 취급했다. 대오그룹의 계열사 하나하나가 대남이 지니고 있는 황금양보다 상회하는 주가를 달리고 있는 곳이다.

한데 그런 걸 통째로 달라는 것이 말이나 되는 소리냐 말이다. 기업가로서 판단하건대 지나가던 개도 흘려들을 제안이었다.

똑똑-

노크 소리와 함께 대오그룹 비서실장이 모습을 드러냈다. 그는 한껏 어깨를 움츠린 채 경직된 모습이었다. 오영신은 그를 향해 날카롭게 물었다.

"어떻게 되었어?"

"그게 아직까지 김대남 대표가 어떻게 대오의 회계정보를 습득한 것인지 도통 파악이 되지 않았습니다. 저희 정보부에서 판단하기로는 아무래도 김대남 대표가 검찰 특수부 시절 정보를 알아낸 것이……."

"그걸 말이라고 하나! 아무리 검찰이라 한들 어떻게 대오에 관한 기밀정보를 알고 있어!"

대오의 기밀정보는 국가에서도 쉽사리 알 수 없을 만큼 철옹성 같은 보안체계를 지녔다. 군사정권에서 문민정부로 정부가 바뀌었다고 한들 대오는 한사코 기업 내 기밀을 지켜냈다.

검찰이라 해서 예외는 아니었다. 검찰 수뇌부에 항상 대오 장학생들을 안치시켜 검찰과 사법부가 어떻게 돌아가는지 빠지지 않고 보고를 받았다.

"대오가 어떻게 이 자리에 올라설 수가 있었는데 이중 삼중으로 보안에 힘을 쏟고, 대한민국 정부 요직에 대오의 끄나풀이 아닌 자가 없는데 어떻게 말단 검사가 그 사실을 알 수 있냐 말이야!"

비서실장의 얼굴에는 당혹한 기색이 역력했다. 그도 나름대로 정보통을 이용해 어떻게든 알아내려 했지만 도저히 갈피가 잡히지 않았다.

그저 대남이 특수부 검사를 역임했다는 사실을 염두에 두고 가설을 말했을 뿐이었다. 기밀이 어디서 샜는지 파악이 안되자, 오영신은 이맛살을 찌푸리며 다른 질문을 했다.

"프로덕션 사업은 어떻게 되었나?"

"성강유니온의 인수절차를 밟고 있습니다. 그쪽에서도 대오가 나선다고 하니 꽤 우호적인 자세이고요. 원체 영상프로덕션 사업에선 선두권에 있었던 곳이니 대오그룹의 전폭적인 지원이 있다면 곧장 1위 자리도 탈환할 수 있을 것으로 예상됩니다."

비서실장은 때를 놓치지 않고 부리나케 대답했다. 그제야 오영신이 좁혔던 미간을 풀어냈다.

"하룻강아지 범 무서운 줄 모르고 말이지."

대오가 영상프로덕션 사업에 손을 벌린 이유는 간단했다. 황금양의 기세를 눌러주기 위해서였다. 정확히는 대남의 기세를 짓밟겠다는 오영신의 속내가 담겨 있었다.

대오의 치부, 그 어떤 것을 알고 있더라도 그걸 발설하는 순간 죽는다는 우회적인 표현이기도 했다. 자본주의 세상인 대한민국에서 금력으로 대오그룹을 이길 자는 없으니 말이다.

"자고로 거래라는 건 등가교환의 조건이 맞아야 하는 건데, 간 크게도 계열사를 달라고 했던 네놈의 입을 후회하게 만들어주마."

등가교환, 거래에 있어 기본적인 시장원리이다. 상품의 가치와 가격이 일치해야 하는 법이거늘, 대남은 턱없이도 비싼 값을 받으려 했다고 오영신은 생각했다.

하지만 그가 자신의 생각이 틀릴 수도 있다고 생각하게 된 것은 이듬해 일월, 언론을 장식한 한영그룹 때문이었다.

[한영그룹, 사상 최대 부도!]

드디어, 폭풍이 불기 시작했다.

- 4장 -
폭풍 속으로

이듬해 1월, 가혹한 폭풍의 소용돌이가 대한민국을 직격하기 시작했다.

부도는 자본주의 세상에서 빠질 수 없는 요소 중 하나지만 평화롭던 나날을 보내던 이들에게 불쑥 다가온 불행의 그림자는 그 어느 때보다도 짙고 어둡게 느껴졌다.

-안녕하십니까, 국민 여러분. 9시 뉴스의 앵커 김석진입니다. 새해가 밝은 지 한 달이 채 지나지 않았고 곧 있으면 민족 대명절인 구정이 다가오지만, 오늘만큼은 씁쓸하고 안타까운 소식을 전해야 할 것 같습니다.

뉴스 앵커의 목소리는 그 어느 때보다도 침체되어 있었다.

장맛비에 온몸을 적시듯 눅눅하고 무거운 기운이 대한민국을 감돌았다.

사람들은 본연의 일거리도 멈춘 채 TV 앞에 모여들고 있었다. 그들의 얼굴에는 걱정이 가득했다. 앵커가 고개를 들고 말을 하자 사람들은 동시에 탄식을 터뜨렸다.

-한영그룹 사상 초유의 부도 사태가 벌어졌습니다.

"말도 안 돼."

한영그룹, 대한민국 재계 다섯 손가락 안에 들어가는 굴지의 대기업이다. 당연히 한영그룹에 종사하는 직원들의 숫자는 일개 기업과는 비교할 수 없는 수준이었으며 계열사의 수많은 하청업체가 꼬리에 꼬리를 물고 이어져 있는 상태였다.

거대한 공룡의 추락 소식은 사람들의 귀를 의심케 하기에 충분했다.

"한영이…… 부도가 났다고……?"

대우그룹의 오영신 회장이 믿기지 않는 눈치로 뉴스를 바라보고 있었다. 이미 한영의 재정 상태가 악화일로를 걷고 있다는 소식을 듣기야 했지만 이렇게까지 나락으로 떨어질 줄은 꿈에도 몰랐다는 표정이다.

"한건화는 어떻게 되었나."

오영신의 물음에 비서실장은 짐짓 뜸을 들이다 대답했다.

"실신해 한영병원으로 입원 절차를 밟았다고 합니다. 하지만 이미 한영의 재정 상태는 보시는 바와 같이 돌이킬 수 없는 수준에 이르렀습니다. 한건화 회장이 정신을 차린다고 한들 이미 걷잡을 수 없다는 것이 전문가들의 중론입니다."

비서실장의 말에 오영신이 손으로 관자놀이를 짚었다. 머리가 쨍하니 아픈 것이 마치 한 대 두들겨 맞은 기분이었다.

한영그룹과 대오그룹은 대한민국 경제의 발전과 함께 성장했다 해도 과언이 아니었다.

"주원인이 무엇이라 하나."

"한영철강에서 진행했던 당산제철소 프로젝트의 무리한 대출금 문제로 자금순환이 막혔던 것 같습니다. 무려 6조 원 이상을 소모했으며, 거래 은행들은 여신한도를 초과한 불법 대출이 한영그룹의 압박 행사로 인해 벌어진 일이라며 대출금 반환을 주장하고 있는 입장입니다. 그 외에도……."

"잠깐, 당산제철소 프로젝트에 자금을 더 투자한다면 성공할 가능성은 있는 겐가."

"저희 측 철강 전문가들의 소견으로는 당산제철소의 예정지 자체가 조수간만의 차가 심한 곳이라 매립 계획 자체를 세울 수 없으며 작금의 소요 금액 두 배 이상을 들인다고 해도 성공을 장담할 수가 없는 곳이라 합니다. 아무래도 한건화 회장이 경영권 강화를 위해 무리한 사업을 진행했던 것으로 사료됩니다."

"허."

오영신은 허탈한 웃음을 토해냈다. 얼마 전까지만 해도 자신과 술을 나눠 마시며 이 나라의 미래를 점쳤던 친구가 바로 한건화였다.

TV 브라운관 속에서는 한건화가 실신한 채 자택에서 구급차로 실려 나가고 있는 모습이 기자들에 의해 송출되고 있었다.

"전혀 예상치 못했던 일이야…… 정치권에서는 어떤 자세를 취하고 있나."

"그게 정치권에서는 아무래도 한영에 대한 지원을 끊으려는 조짐을 보이고 있습니다. 이미 끈 떨어진 연이라는 시선이 강합니다."

"미친놈들 같으니라고, 받아 처먹을 땐 언제고 말이지."

가재는 게 편이라고, 오영신은 한건화의 편을 들지 않을 수가 없었다.

1997년 곧 있으면 다가올 대선을 앞두고 재계는 정계에 끊임없는 지원을 해주고 있었다. 권력 누수기이자 권력 이동기인 현재 재계는 앞으로 대권을 차지하게 될 정당과 인물을 위해 촉각을 곤두세워야만 했기 때문이다.

"대오에는 문제가 생길 만한 것이 없겠지?"

"지난번과 같은 정보 유출은 다시는 없을 것입니다. 회계조정표를 재정립했고 설령 정권에서 감사가 떨어진다고 해도 막아낼 자신이 있습니다. 회장님께서는 걱정 안 하셔도 됩니다."

"……그래."

오영신은 자주 피우지 않는 담배를 입에 말아 물었다. 초조하지 않을 수가 없었다. 대오와 어깨를 나란히 해도 이상하지 않은 한영그룹이 자신의 눈앞에서 무너져 내렸기 때문이다.

이전 대기업의 부도와는 그 궤 자체가 다른 사건이었다. 마음속으로는 대오엔 문제가 없다 되뇌고 있었지만 그녀가 피우는 담배는 급속도로 타들어 가고 있었다.

"이게 어떻게 된 일이래."

아버지가 TV를 보며 믿기지 않는 듯 눈을 껌뻑껌뻑하셨다.

"한영그룹이 부도가 났단다…… 대남아. 저번에 너랑 같이 청와대 기업인 만찬에 갔던 회장 아니냐……?"

실신해 들것에 실려 나가는 한건화 회장의 모습을 보며 아버지가 말했다.

부모님은 놀라움을 감추지 못하고 있는 가운데, 대남만이 동요하지 않고 아무렇지 않게 TV를 바라보고 있었다.

'터질 게 터졌다.'

대남은 그렇게 생각했다. 한영그룹은 곪을 대로 곪아 있었다. 언제 터져도 이상하지 않으리만치 말이다.

하지만 다들 금융호황이 다가올 거라는 부푼 꿈에 빠져 근시안적인 미래를 예상하지 못한 말로였다.

"아이고, 불안해서 살 수나 있겠냐…… 저 사람들은."

TV 속엔 한영그룹의 부도 사실과 함께 한영계열사 직원들의 모습이 비쳤다. 다들 앞날이 어떻게 될지 몰라 애먼 담배만 계속해서 피워대는 모습이었다.

"정부에서 경제적으로 문제가 생기지 않게 어떻게든 힘을 써보겠다고는 하네."

정부에선 갑작스러운 한영그룹의 부도 사실에 대한민국의 경제가 요동치지 않게 어떻게든 수를 쓰겠다 장담하고 있었다. 작금으로선 정부를 믿을 수밖에 없었지만 대남은 이미 사건의 크기가 손을 벗어났다고 생각했다.

"힘들 거예요."

"응?"

"정부가 수습하기엔 이미 사선을 넘었습니다."

앞으로 기업들에 관한 뉴스가 더욱 범람할 것이라는 걸 대남은 직감적으로 알 수 있었다.

작금의 한영그룹 부도는 도미노의 시작에 불과했다. 한영그룹이 독단적으로 책임질 수 있는 규모가 이미 지나갔다. 머지않아 정부와 수많은 기업이 연관된 피바람이 불기 시작할 것이라 대남은 생각했다.

따르릉-

그 순간, 전화기가 맹렬하게 울려댔다. 대남은 수화기를 받아들고는 뜻밖의 목소리에 놀랐다.

"이명학 지검장님?"

서울중앙지검으로 향한 대남은 오랜만에 다시 이명학 지검장을 만날 수가 있었다.

주말이었지만 지검은 언제나 그랬듯이 검찰청 인원들로 북적이고 있었다. 더욱이 이번 한영그룹 부도 사건으로 인해 눈코 뜰 새도 없이 바빴다.

"왔군, 어서 앉게나."

지섬상은 대남의 모습을 확인하고는 정리하던 서류를 급히 내려놓고 자리에서 일어났다. 그는 중앙지검의 수장 역할을 하고 있었지만 요 며칠 동안 있었던 급격한 경제 변화 때문에 집에 들어가지 못한 모양인지 옷매무새가 흐트러져 있었다.

"오랜만에 뵙는데도 볼 때마다 항상 바쁘신 것 같습니다."

"아무렴, 바쁜 중에도 자네를 부른 건 다름이 아니라 자문을 좀 구하고 싶어서네."

지검장의 얼굴에는 긴장한 기색이 역력했다. 그는 과로로 목이 쉰 건지 상한 목소리로 계속해서 말을 이어나갔다.

"한영그룹이 부도가 났다는 사실은 이미 알고 있겠지? 정부에서는 한영그룹의 부도 사실을 이미 파악하고 있었네. 하지만 손쓸 방도가 없었지. 일이 벌어지고 나니 이제는 그 뒤처리를 어떻게 해야 할지 고민이라 자네의 고견을 들어보고 싶네만, 가능하겠나?"

지검장이 조심스레 물었다. 더 이상 자신의 밑에서 일을 하던 검사 김대남이 아니었기 때문이다.

대남은 이제 청와대 기업인 만찬에 초청받은 것은 물론이고 하루가 멀다고 고공행진하고 있는 기업인이었다. 그렇기에 더욱 조심스러운 게 사실이다.

대남은 천천히 고개를 끄덕이며 말했다.

"앞으로 정치권에서도 많은 문제가 터져 나올 겁니다."

"정치권에서?"

"한영그룹은 비단 무리한 프로젝트로 인해 무너진 것이 아닙니다. 주된 원인이 될지는 모르나 부가적인 요인 또한 만만찮습니다. 특히 막대한 로비자금은 그 정관계의 고리로 이어지지 않은 사람이 없을 정도입니다. 애초에 프로젝트 자체가 정권의 보호가 없었다면 실행이 불가능했겠지요."

꿀꺽-

지검장이 저도 모르게 목울대 사이로 침을 삼켰다.

정치권을 수사하는 중수부는 아니었지만 그 또한 특수부에 속해 있기 때문에 작금의 문제가 얼마나 거대하게 번질지 모를 수가 없었다.

더욱이 국가 수뇌부들까지 엮여 있다면 그 문제를 어떻게 해결할 수 있을지 골이 아파올 지경이었다.

"지검장님께서는 앞으로 어떻게 해야 된다고 보십니까?"

대남의 물음에 지검장은 한 참이나 뜸을 들이더니 입을 열었다.

"한영그룹을 괴멸시켜야 하지 않겠나, 지금에 와서 회복시키기도 요원할뿐더러 괜히 구제하려다 정치권의 치부만 들추는 꼴이 될 테니."

"틀린 말은 아닙니다. 지금은 다들 눈치 보기 바쁠 테니 섣불리 움직일 수 없을 테지만 한영이 완전히 기사회생이 불가능하다 판단될 때에는 그 어느 때보다 빠르게 짓누를 겁니다. 그때는 검찰의 힘도 소용이 없겠지요. 정치권을 수사하기 위해서는 대한민국 정치권 전체를 향해 그 칼날을 들이밀어야 할 테니."

"골치가 아프군."

지검장이 낮게 읊조렸다. 한영그룹의 부도만으로도 걷잡을 수 없는 악재였는데 정치권마저 거미줄처럼 어지럽게 얽혀 있다면 이는 대한민국의 근간을 뒤흔들 만한 문제가 된다.

"곧 있으면 정치적으로 무정부 상태나 다름없는 상황이 벌어집니다. 바로 대선이지요."

"그렇지."

"대선을 앞두고 생긴 문제이니 다들 촉각을 곤두세우고 있을 겁니다. 권력을 향한 각 정파의 대립은 극한에 치닫고 있으며 경제적인 문제 또한 한계에 다다르고 있습니다. 하지만 이 상황을 정확히 파악하고 해결하려는 이는 없습니다."

"하지만 정부에서 적극적으로 대응하겠다 발표를 했네. 그것에 대해서는 어떻게 생각하나?"

"정부에서 적극적으로 대응을 하겠다 하지만, 지검장님께서 생각하시기에 그것이 가능할 것이라 보십니까?"

대남의 물음에 지검장이 입을 다물 수밖에 없었다.

"이러한 거대한 국면이 다가올 줄 예상하지 못한 정부입니다. 뒤처리를 맡기기에는 역량이 부족할 겁니다."

암담하지 않을 수가 없었다. 이명학은 오늘 대남을 불러 앞으로 중앙지검의 방향을 할 것인가에 대한 조언을 구하려 했다.

하지만 한영그룹의 부도 사건은 실상 한영그룹만이 겪을 문제가 아니었다. 정치권이 뒤흔들릴 것은 이미 대남이 시사한 바이고 나아가 대한민국의 근간이 뒤흔들릴 수도 있는 문제였다.

"해결 방안이…… 도저히 없겠나?"

대남이라면 혹시 모른다, 지검장은 그렇게 생각했다. 자신이 보아왔던 수재 중에서도 대남은 타의 추종을 불허한 천재였으니 말이다. 하지만 대남은 지검장의 물음에 천천히 고개를 저어 보였다.

"섣부른 세계화의 추진으로 인해 생긴 문제입니다. 그간 눈에 보이는 이익만을 좇기에 바빠 외환을 끌어당겨 기업 확장을 하는 데 혈안이 되어 있었습니다. 특히 한영그룹의 사건이 그렇지요. 금융시장의 자금을 막대하게 끌어당겼으며 금융기관들조차 이에 관한 문제점을 전혀 모르고 있습니다. 현재, 이런 상황에서 해결 방안이란."

이어지는 뒷말에 지검장이 두 눈을 부릅떴다.

"없습니다."

"이게 어떻게 된 일이야!"

대통령의 노성에 비서실장 황정세의 얼굴이 급격히 시퍼렇게 질려 들어갔다.

"얼마 전 안보회의에서만 하더라도 한영그룹에 관한 문제는 없다고 장담하지 않았나!"

한영그룹의 금융 특혜는 황정세가 전폭적으로 지지했다고 봐도 무방했다. 한건화 회장의 정치적 로비를 받았던 황정세는 대통령 비서실장이라는 직급을 이용해 한영그룹의 뒷배를 봐주었던 것이다.

OECD 가입에 정신이 팔려 있던 대통령으로서는 갑작스러운 한영그룹의 부도에 뒤통수를 맞은 것이나 다름없었다.

"각하, 걱정하실 만한 일은 아닙니다. 한영그룹이 흔들리고 있는 건 사실이나 계열사까지 전부 부도 처리가 나지는 않을 겁니다. 일시적인 공황 상황이나 다름없으나……"

"그걸 말이라고 해! 대한민국의 경제적 위상을 드높이기 위해 OECD 가입을 서둘렀더니 내부에서 문제가 발생하면 어떻게 되냐 말이야! 한영그룹의 당산제철소 프로젝트는 자네가 누누이 문제가 없다며 보고를 올리지 않았나, 어디 입이 있으면 이 사태에 해결책이라도 내놓아봐!"

대통령이 재차 윽박지르자 황정세는 금방이라도 숨이 멎을 것 같은 표정이 되었다.

한영그룹의 부도는 밀접한 관련이 있는 비서실장조차 예상하지 못했던 악재였다. 전조증상이라고 해봐야 금융기관의 적

신호가 연례 있는 가벼운 금융권 문제로 생각했던 것이 크나
큰 오판의 시작이었다.

"이제 곧 있으면 임기도 끝나는데 하필 끝물에 이래서야 쓰
겠나, 레임덕이라도 오기를 바라는 게야?"

곧 있으면 정권이 바뀌는 계절이 다가오고 있었다. 대통령
으로서 마지막까지 정책 집행에 힘을 행사하고 싶은 것이 사
람의 당연한 본성이었다. 하나 한영그룹이 무너지고 그 여파
로 대한민국 경제까지 들썩이게 된다면 레임덕은 피하지 못할
것이 자명했다.

"죄, 죄송합니다."

비서실장은 죽을 맛이었다. 한영그룹에 정치적 로비를 받고
뒷배를 봐준 것은 사실이었지만 공공연히 있었던 정·재계의
유착이었다.

자신 말고도 한영그룹의 푼돈을 받아먹은 이들이 수두룩
할 터인데 가장 윗선에 있단 이유로 곤혹이란 곤혹은 다 겪어
야 하니 말이 아니었다.

똑똑-

그 순간, 대통령 집무실 너머로 노크 소리가 들려왔다. 대통
령이 비서실장을 한 번 노려보고는 시선을 돌려 들어오라 말
했다.

"어떻게 되었어?"

대통령의 물음에 문을 열고 들어온 재정경제원 장관 차길재가 경직된 표정으로 대답했다.

"한영그룹의 부도는 정부에서 손을 쓴다고 해도 막을 수……없는 수준입니다. 각하."

차 장관의 확인사살에 옆에 함께 기립해 있던 비서실장이 입술을 절로 깨물었다. 그 말에 대통령은 관자놀이를 손으로 짚고는 의자에 무너지듯 주저앉았다.

그 상태로 차 장관을 바라보며 문책하듯 되물었다.

"해결 방안은! 재정경제원 장관이라는 사람이 그런 것도 하나 생각 못 해! 일개 기업이 무너진 거로 대한민국이 뒤흔들려서야 되겠냔 말이야!"

"죄, 죄송합니다. 일단 언론부터 잠재운 다음, 한영그룹의 부도와 관련해 정부에서 각고의 노력을 하고 있다는 전문을 계속해서 발표하겠습니다."

대통령은 임기 말년에 다가온 흉흉한 소식에 골이 아파 왔다. 몇 달 전까지 안기부법, 노동법 파동으로 인해 전국적으로 노동자 파업사태가 일어나 나라 전체가 들끓었는데 이제는 한영그룹의 갑작스러운 부도까지 생기니, 엎친 데 덮친 격이라고 청와대는 초상집을 방불케 했다.

"한영그룹의 부도 여파로 다른 대기업들에까지 영향이 미치는 것은 아니겠지?"

"결단코 그런 일은 발생하지 않을 것입니다."

재정경제원 차길재 장관은 급히 고개를 휘저어 보였다.

결코 한영그룹의 부도로 인해 다른 대기업에까지 영향을 미쳐서는 안 되었다. 대기업 한 곳의 부도 사실에도 나라가 뒤흔들릴 지경인데 만약 그 숫자가 늘어나게 된다면 상상도 할 수 없는 검은 그림자가 대한민국을 덮칠 것이다. 대통령이 마른 입술을 쓸어 보이며 단언했다.

"그래, 한영그룹이 처음이자…… 마지막이어야 돼."

지검장 이명학은 대남의 단언에 머리가 아찔해졌다. 이 사태를 타파할 해결 방안이 없다니, 도대체 어디서부터 문제였을까. 지검장이 잠시 마음을 추스르고는 대남을 향해 물었다.

"그, 그래도 아직 한영그룹 한 곳일세. 계열사들이 문어발처럼 엮여 있다곤 하지만 한영그룹의 부도가 대한민국이 해결할 수 없는 문제라 단언할 수는 없지 않은가. 대기업의 부도는 과거에도 종종 있어 왔던 일이야. 또한 한영그룹은 군부정권 시절부터 말이 많았던 곳이고 말이야……."

"그래서입니다."

"뭐?"

"한영그룹은 군부정권 때부터 정치적 로비를 통해 정·재계 유착을 하고 있다는 인식이 강했습니다. 강남건설의 주역이라 불리던 시절부터 그러했지요. 그런 유착 관계가 곪고 곪아 작금의 부도 사태가 벌어진 것입니다. 얼마 지나지 않아 한영그룹을 둘러싼 금융권, 정치권 의혹들이 일파만파 퍼지게 될 겁니다. 한영그룹의 부도를 수습한다는 것 자체가 지금의 정부로선 능력 밖의 일입니다."

대남의 확고한 대답에 지검장이 고개를 주억거려 보였다. 한영그룹의 부도로 인해 대한민국이 난리가 난 것은 사실이었다. 하지만 일각에선 그룹 내 문제일 뿐이지 대한민국 전체로까지 번질 잿불은 아니라는 평가도 있었다. 계열사들이 사분오열되더라도 다른 대기업에 흡수될 수 있을 거라는 의견이 지배적이었기 때문이다.

대남은 그러한 지검장의 생각을 읽은 것인지 고개를 절레절레 저으며 말을 이었다.

"또한 한영그룹은 이 모든 사건의 기폭제가 될 겁니다."

"……!"

기폭제라는 말에 지검장이 소파 팔걸이를 잡고 있던 손아귀에 힘을 움켜쥐었다.

"더…… 더 말해보게."

"한영그룹의 부도는 비단 대기업의 종말만을 야기하는 사건은 아닙니다. 정·재계의 유착이 한계점에 다다랐다는 이야기로 해석될 수 있으며 그만큼 많은 내부 문제를 안고 있음을 시사하지요. 특히 한영그룹이 겪었던 자금난을 다른 기업들이라고 겪지 않을 것 같습니까?"

꿀꺽-

침 삼키는 소리만이 요란하게 집무실 안을 울렸다. 지검장은 마치 어린아이처럼 대남의 이야기를 귀담아듣고 있었다. 그의 눈빛은 대남이 한마디라도 더 해주었으면 좋겠다는 절박함이 담겨 있었다.

대남은 그 모습에 한숨을 한 번 내쉬고는 말했다.

"금융기관은 제대로 된 조사를 거치지 않고 그저 외압에만 의존한 채 기업 대출을 해주었습니다. 한영그룹만 하더라도 그 부채가 상상도 못 할 정도로 쌓여 있죠. 그 탓에 금융기관들까지도 극심한 자금난에 시달리게 될 지경입니다. 한마디로 금고가 말라가는 상태라는 것이지요. 더군다나 대한민국의 공식 외채의 20% 이상이 어디서 비롯된 건지 아십니까?"

'외채'라는 말에 지검장이 쉽사리 대답하지 못했다. 검찰로서 정부 경제에 관여하기보단 정치적 스캔들에 더욱 집중했기 때문이다.

"일본입니다."

"……!"

"그, 그게 무슨 말인가. 일본이라니? 미국이 아니라?"

은연중에 미국을 생각하고 있었던 지검장은 저의 생각과 다른 말이 대남의 입에서 튀어나오자 눈이 휘둥그레졌다.

"현재 한영그룹의 부도 사태로 인해 작금의 문민정부는 위기를 맞이한 것이 사실입니다. 하지만 높은 자리에 계신 분들은 당장에 시급한 불을 끄기에 급급하시겠지요. 혹여나 한영그룹의 부도가 다른 대기업에까지 전파될까 조마조마하면서 말입니다. 하지만 문제점은 그것이 아닙니다. 현재 대한민국의 외채는 1천억 달러가 넘어가고 있습니다. 비로 이중 20% 이상이 일본은행에서 차출된 자금입니다."

한국과 일본의 국가 간 감정의 골은 깊었다. 더불어 조선총독부를 폭파한 사건은 외교 문제에까지 영향을 미쳤을 정도로 양국 간의 감정이 극에 치닫고 있는 시점이었다. 이러한 상황에 한영그룹이 부도를 일으켰고, 수많은 금융기관이 자금난에 허덕이게 되었다.

쐐기를 박다시피 하는 대남의 말에 지검장은 가히 놀라지 않을 수가 없었다. 대남은 그러한 지검장을 향해 재차 물었다.

"현재 대한민국의 국고에 외환이 남아 있다고 보십니까. 한영그룹의 사건만 보더라도 뻔히 알 수 있듯이 눈먼 돈들이 이미 셀 수 없을 만큼의 수많은 사업에 쓰였습니다. 한영그룹이 자금난으로 부도를 일으켰듯 이미 기업들과 금융기관의 자금난은 예정된 것이라 봐도 무방합니다. 한데 이 사태를 과연 정상적으로 되돌릴 수 있을까요?"

지검장은 상상도 할 수 없는 문젯거리에 당면해 허탈한 탄식만을 토해내고 있었다. 대남은 짐짓 뜸을 들이고는 말을 이었다.

"만약 이러한 상황 속에서 외채를 빌려준 일본의 은행을 포함한 각국의 은행들이 상환 기간을 연장해 주지 않는다면 어떻게 되겠습니까?"

"허……!"

지검장의 등 뒤로 굵은 땀방울이 맺혀 흘렀다.

대남은 이명학 지검장과 대화를 끝마치고는 서울중앙지검에서 걸음을 옮겼다.

지검장은 대남이 문을 나서는 그 순간까지 넋이 나간 표정이었다. 것도 그럴 것이 자신이 상상했던 이야기보다 디욱 큰 사건의 이면을 맞닥뜨렸기 때문일 것이다.

[한국, 아직 경제 위기 아니다!]

언론에서는 한영그룹의 부도로 인해 빗발 될 경제적 문제를 잠식시키기 위해서인지 국민들의 염원이 담긴 헤드라인을 뽑아냈다.

대남은 가판대에 걸린 신문기사를 보며 나지막이 말했다.

"위기라."

정부에선 아직까지 대한민국의 경제는 굳건하다며 경제처 장관이 나와 직접 브리핑을 하기에 이르렀다.

하지만 사람들의 분노는 식을 기미를 보이지 않았다. 군사 정권 시절부터 로비 의혹이 무성했던 한영그룹의 부도 사실로 인해 정·재계 유착이 수면 위로 확실하게 드러났기 때문이다.

-안녕하십니까. 9시 뉴스 앵커 김석진입니다. 지난 22일 불 거진 한영그룹 부도의 영향으로 인해 번졌던 금융권 문제들이 점차 해소되는 움직임을 보이고 있습니다. 이는 현 정부의 적 극적이고 빠른 대처가 있었기에……

"대남아, 네 말대로 하기는 했다만 정말로 나라가…… 그렇 게 쉽게 무너지겠냐?"

집으로 돌아오자 아버지가 부리나케 다가왔다.

대남은 한영그룹의 부도 사실을 예견하고 미리 준비를 하고 있던 차였다. 하지만 TV를 본 아버지는 정부의 발표만을 믿고는 대남이 성급한 판단을 했다고 우려했다.

"이전에도 이 정도 비리는 한두 건이 있었지. 한영그룹이 대기업이기는 하다만……."

"아버지, 끓는 냄비 속의 개구리가 왜 죽는지 아십니까?"

"응?"

아버지의 의아한 되물음에 대남이 담담하고 낮은 목소리로 운을 띄웠다.

"익숙해져서 그래요. 잘못된 것이란 것을 알면서도 당연한 것으로 생각하고 살아갑니다. 끓는 물 속의 개구리처럼, 불안정한 사회구조 속에서도 그 누구도 위험의 목소리를 높이지 않고 있습니다. 오히려 문제를 감추기에 급급하죠. 지금의 대한민국이 그렇습니다."

"그래도…… 시간이 약이란 말도 있지 않냐, TV에서도 저렇게 말하는데."

"아버지!"

대남은 고개를 단호히 저어 보였다. 아버지는 그제야 정신을 차린 듯했다. 어느샌가 저도 모르게 사회 기득권층과 별다를 바 없는 신념을 품게 된 것에 많은 회의감이 드신 모양이었다.

대남은 그러한 아버지를 향해 선고하듯 말했다.

"저희에게 남은 시간은 이제 얼마 없어요."

[한국, 아직 경제 위기 아니다!]

언론을 장식한 기사를 보며 누군가는 안도의 한숨을 쉬고 있었지만, 대남의 예언처럼 얼마 지나지 않아 이번에는 순성그룹의 기사가 언론을 장식하기 시작했다.

한층 어둠이 짙게 다가온 것이었다.

[위기의 순성그룹, 자금난 발발!]
[한영에 이어 순성까지 휘청이는 대한민국!]
[순성그룹 자금난 '워크아웃' 닥치나?!]

"제엔자아앙!"

콰!

대오그룹의 오영신 회장이 집무실의 테이블을 거세게 내려 쳤다. 그의 손아귀에는 순성그룹의 위기설이 담긴 신문이 말 아 쥐어져 있었다.

동시대를 함께했던 재계 회장들의 추락 소식에 오영신이라 고 정신이 멀쩡할 리가 없었다. 자본주의 시장에서 경쟁자가 줄어든 것은 독점의 기회라지만, 이걸 기회라 치기에는 너무나 도 상황이 급박하게 흘러가고 있었기 때문이다.

"도대체가……."

말꼬리가 절로 흐려질 수밖에 없었다. 한영그룹이 무너진 지 한 달이 채 지나지 않은 시점이었다.

그런데 순성그룹마저 자금난을 겪게 되니 대한민국 경제에 적신호가 켜진 것은 사실이었다.

대오그룹이라고 방심하고 있을 수만은 없었다. 때문에 밤이 늦도록 오영신은 자택으로 귀가하지 못하고 있었다. TV에서는 연신 속보가 흘러나오고 있을 뿐이었다.

-국민 여러분, 9시 뉴스의 앵커 김석진입니다. 오늘 저녁 믿기지 않는 소식을 전해야만 할 것 같습니다. 한영그룹이 사상 초유의 부도를 알린 지 얼마 되지 않은 현재, 대한민국 경제를 지탱하던 또 다른 대기업이 부도 처리되었습니다. 바로 순성그룹입니다.

"허."

자금난 위기가 터져 나온 지 하루도 지나지 않아 저녁 속보로 순성그룹이 부도를 선언했다.

그 말인즉, 자금난 위기설이 언론에 공개되기 전부터 순성그룹이 무너지고 있었다고 봐도 무방했다.

오영신은 믿기지 않는 사실을 목도하고는 손으로 관자놀이를 짚었다.

-죄송합니다. 국민 여러분. 순성그룹의 자금 악화로 인해 부도를 선언했지만 저희 순성의 계열사들은 매각 절차를 통해 직원들의 실직을 막기 위해…….

순성그룹의 부사장이 나와 직접 브리핑을 하고 있었다. 그의 꼴은 말이 아니었다. 서인숙의 장자로 젊은 나이에 부사장 자리에 올랐지만 지금만큼은 십수 년은 더 나이를 먹은 듯 몰골이 초췌해져 있었다.

"서인숙은 어떻게 되었어?"

오영신의 물음에 앞에 기립해 있던 비서가 짐짓 뜸을 들였다.

"그, 그게……."

그 순간 TV속 앵커가 다시 화면을 잡았다. 앵커는 인이어로 스태프에게서 들려오는 정보를 듣고는 놀란 눈으로 얕게 고개를 끄덕여 보이고는 말했다.

-속보입니다. 순성그룹 서인숙 회장이 현재 순성병원으로 급히 이송 중이라고 합니다. 현장에 나가 있는 김성욱 리포터!

-예, 리포터 김성욱입니다. 현재 순성그룹의 자병원 앞입니다. 기자들로 인산인해를 이루고 있는 이 순간 구급차에서 서

인숙 회장이 들것에 실려 내립니다. 그녀는 자택에서 부도 사실을 전해 들은 직후 졸도했다고 전해지고 있습니다.

"아이고."

오영신의 입에서 절로 곡소리가 터져 나왔다. 한건화에 이어 서인숙까지 벌써 두 사람이나 병원 신세를 지게 되었다.

인생 말년에 이 무슨 변고란 말인가, 측은지심을 느끼기도 전에 혹시 대오도 저리되진 않을까 하는 무서운 생각이 앞섰다.

"대오에는 단 하나도 문제될 만한 것이 있어선 안 된다."

오영신의 단호한 목소리에 비서가 절로 긴장을 머금었다. 오영신은 무너지는 동년의 회장들을 보며 마른 입술을 쓸었다. 그러던 와중 오영신의 머릿속에 떠오른 인물이 하나 있었다.

"계열사 하나를 주십시오."

자신에게 당돌한 제안을 했던 청년기업인, 젊을 적의 자신보다 훨씬 패기가 넘쳤으며 그 나이 또래에서 찾아볼 수 없는 관록과 혜안을 보여주던 인물, 바로 대남이었다.

하지만 계열사를 달라는 그의 제안을 오영신은 흘려들었다. 아니, 괘씸하게 생각했었다. 제아무리 잘났다 한들, 계열사를 달라는 터무니없는 제안은 거래의 본질에 맞지도 않을뿐더러 등가교환의 원칙 또한 성립될 수 없다고 믿었다.

한데.

"실수였나."

오영신이 혼잣말로 중얼거렸다. 한영에 이은 순성의 부도로 인해 자신의 선택이 잘못되었을 수도 있다는 불안감이 엄습했기 때문이다.

오영신이 눈을 번뜩이며 언성을 높였다.

"김대남을 불러오게."

"네?"

"황금양의 김대남을 당장 불러와!"

갑작스러운 회장의 명령에 비서가 처음에는 잘 알아듣지 못했지만 곧장 부리나케 고개를 끄덕이고는 자리를 옮겼다. 오영신은 소파에 몸을 깊숙이 기댄 채 대남을 기다렸다.

그 시각, 대남은 뜻밖의 장소에서 뜻밖의 인물을 마주하고 있었다.

대남이 있는 장소는 바로 순성그룹 자병원 VVIP 병실이었다. VVIP 병실이라서 그런지 병원 특유의 향이 나지 않고, 오히려 호텔 스위트룸을 방불케 하는 풍경이었다.

"이 병원도 오래가지 못할 테지."

실신했다고 알려진 서인숙은 어느새 멀쩡한 모습으로 소파에 앉아 있었다. 하지만 졸도한 것은 사실이었는지 그녀의 얼굴에는 이전에 보였던 유쾌함이 단 한 톨도 남아 있지 않았다.

서인숙은 대남을 바라보며 물었다.

"날 왜 보자고 한 거지?"

이미 순성그룹의 부도 사실은 뉴스 속보를 통해 대한민국 전역에 깔렸을 터였다. 그러던 와중 대남이 만남을 청해왔다. 외부인의 접근을 금하던 서인숙 또한 김대남이라는 이름 석 자에 의아함을 머금고 문을 열어주었다.

대남은 이전과는 판이할 정도로 초췌해진 서인숙을 향해 말했다.

"순성그룹은 워크아웃을 통한다고 한들, 회생할 방법이 없습니다."

워크아웃이란 부도로 쓰러질 위기에 처해 있는 기업 중에서 회생시킬 가치가 있는 기업을 살려내는 작업을 뜻한다.

"왜 그렇게 생각하지? 언론에서도 한영보다는 워크아웃의 기회가 있을 거라 평가하고 있는데 말이지."

"평범한 경영난이었다면 구조조정을 통해 인원 감축안을 발표하는 것만으로 지탱이 가능했을 테지요. 하지만 이번 경우는 다릅니다. 자금난, 그것도 자금순환이 막혀 버린 것과 다름 없는 심각한 경영 위기입니다. 은행권의 적극적인 개입이 있어 야 할 터지만, 아시잖습니까. 현재 대한민국의 금융기관들이 어떠한 위기를 맞이했는지."

대남의 말에 서인숙은 입을 다물었다. 그녀의 눈동자에는 회한이 가득 담겨 있었다.

대남의 말처럼 은행권의 적극적인 개입이 있다면 순성그룹 은 회생할 수 있을지도 몰랐다.

하지만 작금의 금융권은 대기업을 소생시킬 만한 막대한 자 금을 융통할 여유가 있지 않았다. 오히려 그간 순성그룹에 쌓 인 채무를 회수하기에 급급할 것이다.

"정말, 진퇴양난이군……."

창밖에는 이미 땅거미가 짙게 깔려 있었지만 병원 정문에는 아직도 기자들로 인산인해를 이루고 있었다.

서인숙은 그 광경을 바라보며 깊은 한숨을 내쉬었다. 회장 의 자리에서 내려보았던 세상과는 사뭇 다른 세상이었다.

"그 말이 맞아. 순성은 더 이상 살아나기 힘들지. 국가의 개 입이 필요한 시기에 국가 또한 현재로선 전혀 힘을 쓸 수가 없 는 지경이니. 이렇게 보면 평소에 로비를 해뒀던 것이 전부 쓸 모없게 돼버렸어. 전부 제 목숨 살자고 동아줄 잡기 바쁘니."

"회장님께서는 그 동아줄이 끊어졌다 보십니까?"

"끝났지, 아니 그러한가."

서인숙의 얼굴에는 더 이상 생기가 느껴지지 않았다. 창백한 그녀의 피부는 짙은 화장으로 감췄던 노년의 모습, 그대로 되돌아가 있었다.

여자의 몸으로 1세대 회장의 자리에 앉아 카리스마를 발휘하던 그녀의 모습은 이제는 온데간데없었다. 그저 초로의 노인이 앉아 있을 뿐이었다.

"한영이 부도를 일으킨 지 얼마 되지 않아 순성그룹마저도 쓰러졌습니다. 이러한 상황 속에서 살아남을 기업이 대한민국에 있다고 생각하십니까?"

서인숙은 말없이 고개를 저어 보였다. 그녀 또한 한영그룹이 무너질 적에만 하더라도 안도의 한숨과 동시에 숨 막힐 듯 조여오는 긴장감을 느꼈었다.

"우리 순성은 한영처럼은 되지 않으리라 골백번을 생각했거늘, 세상 순리가 마음대로 되는 게 아니더군…… 다른 기업들도 마찬가지 아니겠나."

"그렇습니다. 시간문제에 불과합니다. 하지만 저는 앞으로 무너질 기업들과 순성그룹은 다르다 생각했습니다."

"다르다고?"

"순성그룹의 경우 자금난 때문에 사실상 부도가 확정되었습니다. 되돌려 말하면 자금난만 해결한다면 부도를 막을 수도 있다는 것이죠. 하지만 그러한 막대한 자금을 융통할 수 있는 곳은 대한민국에 없습니다."

"그래, 순성은 끝났지."

서인숙은 힘없는 목소리로 말을 하였다. 대남의 말에 반박이라도 하고 싶을 테지만 틀린 말이 하나도 없었다. 가슴을 후벼 파는 듯 순성의 현실을 아주 잘 꿰뚫고 있었기 때문이다.

그 순간, 대남의 목소리가 서인숙의 귓가를 울렸다.

"끝나지 않았습니다."

"뭐……?"

"제가 왜 회장님을 만나러 온 줄 아십니까."

대남의 물음에 서인숙이 의아한 표정으로 대남을 바라봤다. 이해가 되지 않았다.

순성은 분명 끝난 것이나 다름없는데, 끝난 게 아니라니. 이무슨 말장난이란 말인가. 역설적인 대남의 표현에 서인숙이 의문을 내비치기도 전에 대남이 운을 띄웠다.

"순성그룹 계열사를 저에게 주십시오."

"뭐?"

"어차피 망한 그룹 아닙니까, 저에게 계열사 한 곳쯤 넘기셔도 큰 손해는 없을 텐데요?"

"……!"

대남의 도발에 서인숙이 자리에서 벌떡 일어났다. 하지만 그녀는 대남이 했던 말의 진의를 파악하지 못하고 있었다. 부도를 일으킨 그룹의 계열사를 달라, 어떠한 계열사를 말하는지 모르겠지만 도통 이해가 되지 않았다.

하지만 이어지는 뒷말에 서인숙이 두 눈을 부릅떴다.

"소생시켜 드리죠, 순성을."

야심한 시각, 대남이 서인숙 회장과의 만남을 끝내고 얼마 후 연락이 왔다.

발신지는 대오그룹의 비서실장이었다. 그는 꽤나 다급한 목소리로 대남을 찾았다.

-김대남 대표 되십니까?

"그렇습니다만."

-아, 대오그룹의 비서실장 김성진입니다. 지금 저희 회장님께서 대표님과의 만남을 원하시는데 혹 본사로 방문 가능하시겠습니까? 거리가 문제가 된다면 제가 지금 당장 차를 보내드리겠습니다.

"회장님이요?"

오영신의 갑작스러운 호출에 대남은 머리를 긁적였다. 그가 자신을 왜 찾는지는 안 봐도 뻔했다.

'이제야 깨달았나 보군.'

일전에 대남은 오영신 회장에게 분명 담록과 마찬가지로 대오 또한 무너질 수 있다는 의견을 제기했다. 또한 대오의 핵심 문제점을 얘기하며 계열사와 맞바꾸자고 제안까지 했었다. 그때만 하더라도 오영신은 콧방귀를 끼며 도리어 화를 냈다.

"글쎄요, 시간이 안 되겠는데요."

……네?

"회장님을 뵙기에는 처리할 업무가 많아서 말이죠. 하지만 정 원한다면…… 본인이 직접 오는 것은 말리지 않겠습니다만."

……! 자, 잠깐.

대남은 비서실장의 말을 끝까지 듣지 않고 전화를 끊었다.

"KBC 방송국으로 갑시다."

속전속결이라는 말이 어울리게 대남은 곧장 KBC 방송국으로 발걸음을 옮겼다.

긴급 기자회견을 열기 위해서였다. 상황은 급박하게 돌아갔고 대남에게 은혜를 입은 KBC는 대남의 긴급 기자회견을 반겼다. 오히려 독점으로 생중계할 수 있다는 사실에 쌍수를 들었다.

순성그룹의 부도 사실에 모여들었던 기자들이 대남의 긴급 기자회견 소식을 듣고는 곧장 KBC 방송국 별관으로 응집했다. 부도 사실이야 이미 나와 있는 정보만 가지고도 쓸 수 있

는 기삿거리가 많았다. 하지만 지금 대남의 갑작스러운 기자회
견으로 어떠한 특종이 흘러나올지 모른다. 이 사실을 접한 기
자들의 얼굴은 한껏 상기되어 있었다.

한편, 대오그룹에서는 난리가 날 수밖에 없었다. 비서실장
은 당혹스러운 표정으로 회장실 앞에서 안절부절못했다.

다시금 대남에게 연락을 취해봤지만 받지 않는 것은 매한가
지였다. 비서실장이 조심스레 회장실 문을 열고 들어갔다.

"회, 회장님."

"잠깐 조용히 해봐!"

비서가 조심스레 입을 열었지만 오영신은 도리어 손을 들어
제지했다.

그제야 비서의 눈동자가 오영신을 따라 TV에 닿게 되었다.
오영신은 믿기지 않는다는 눈으로 TV를 응시하며 한 남자를
바라보고 있었다.

"김대남."

또 어떤 수를 벌이려는 것이냐, 그 뒷말이 오영신의 입가에
맴돌았다.

- 5장 -
황금의 혜안

기자들은 갑작스러운 대남의 기자회견 소식에 서둘러 KBC 방송국 별관으로 향했다.

　대부분 밤늦은 시각까지 순성그룹의 부도 사실을 취재하느라 스탠바이 된 상태였기에 그 숫자는 긴급 기자회견이라는 말이 무색하게 그 수가 엄청났다.

　"생방송으로 진행된다고?!"

　기자 중 한 명이 별관 문을 통해 들어오는 방송국 카메라를 보며 놀라 중얼거렸다. 이미 땅거미가 지고도 한참이나 지난 시각에 긴급 기자회견이 열리는 것도 믿기지 않는데, 거기다 방송국에서 생방송으로 진행한다니, 기자들의 손에 땀이 맺히기 시작했다.

　'특종이다.'

직감적으로 알 수 있었다. 또한 기자회견의 주체가 대남이라는 사실이 기자들로 하여금 더욱 촉각을 곤두세우게 했다. 이미 대한민국의 언론은 유례없던 대기업의 연이은 부도 사태에 뜨겁게 들끓고 있었다. 그렇기에 수군거리는 기자들의 목소리는 점차 커져만 갔다.

과연 대남이 이번 긴급 기자회견을 통해 무엇을 말할 것인지에 대한 의견이 분분한 가운데, 대남이 그 모습을 드러냈다.

단상 위에 올라선 대남은 옷매무새를 다듬고는 정면을 응시했다. 곧이어 생방송 카메라 세팅이 마무리되고 점등되자, 기자들의 수군거리던 소리가 쥐죽은 듯 고요해졌다.

대남은 정면 카메라를 향해 깊숙이 고개를 숙이고는 말했다.

"안녕하십니까, 기자 여러분. 그리고 현재 갑작스러운 긴급 기자회견 생방송을 시청하고 계실 국민 여러분. 황금양의 대표 김대남입니다. 제가 이렇게 야심한 시각에 긴급 기자회견을 열게 된 까닭은 금일 발발된 순성그룹 부도와 관련해 말씀드릴 부분이 있기 때문입니다."

"……!"

대남의 입에서 순성그룹이라는 단어가 튀어나오자, 기자들의 머리 위에 놀라움과 동시에 의문이 떠올랐다. 황금양과 순성그룹의 기업적인 접점은 거의 없다고 봐도 무방했기 때문이다. 의아함이 증폭되는 가운데 대남이 다시 말을 이어나갔다.

"먼저 순성그룹의 부도 사실을 말하기 이전에, 작금의 대한 민국이 당면한 경제 위기에 관해 개인적인 견해를 말씀드리고 싶습니다."

"……!"

기자들이 놀라 입을 쩍하고 벌렸다. 현재 언론은 대기업의 부도 사실을 전하는 반면, 정부의 방침대로 경제 위기가 당도 했다는 의혹은 일절 보도하지 않고 있었다. 그저 대기업의 기 업 운영 부실로 인해 무너진 것이지, 대한민국의 경제에 미치 는 영향은 없을 것이란 식으로 두루뭉술하게 국민들의 우려 를 잠식시키고 있었다.

한데 대남이 거기다 대놓고 '경제 위기'라는 단어를 써버린 것이다. 정면 카메라를 잡은 카메라 감독은 손에 진땀을 쥔 채 로 이 광경을 놓치지 않고 송출했다.

"대한민국은 현재 두 번의 좌절을 겪었습니다. 그 시발점은 한영그룹이었으며 이후 순성그룹의 부도까지 발생했습니다. 두 기업 모두 대한민국의 경제를 지탱하던 대기업답게 많은 식구 를 거느린 곳입니다. 수십 년을 대한민국 땅에서 종속해오던 기 업이 이토록 한순간에 허망하게 무너진 까닭은 무엇일까요?"

기자들 모두가 쉽사리 말을 잇지 못했다. 안하무인의 군사 정권이 지나갔다고는 해도 언론은 항상 정권의 눈치를 살피기 바빴기 때문이다.

대기업의 연이은 부도 사실은 오로지 무너진 쪽이 안고 가야 할 문제인 것이다. 그래야 나라가 진정이 된다. 이것이 기득권층의 생각이었다.

"문제는 덮어놓고 언제까지 관망만 할 것입니까, 대한민국의 위기는 이미 과거 동남아시아 태국의 외환 위기에서부터 발발된 문제입니다. 대한민국은 경제 호황기를 맞아 날이 갈수록 상황이 좋아지는 듯 보였습니다. 하나 이것은 겉으로 비친 허상일 뿐입니다. 내부는 분명 곪아 터지고 있었습니다."

꿀꺽-

모두가 침을 삼켰다. 빛 좋은 개살구라는 말을 대남은 직설적으로 표현하고 있었다.

대한민국 언론 어디에서도 이에 관해 제대로 말을 하지 못하던 상태였기에 기자들은 가려운 부분을 긁어낸 것 같은 기분이 들기도 했지만, 한편으로는 대남의 입에서 어떠한 말이 폭탄처럼 터질지 긴장된 마음으로 바라봤다.

"작금의 대한민국은 기업들의 과도한 투자 대비 수익이 적은 것이 사실입니다. 또한 그간 글로벌 경제에 발돋움하기 위해 환율정책에도 강경한 입장을 취했죠. 환율에 관한 문제가 불거질 수밖에 없겠더군요. 외채가 많기에 고정 환율제를 사용하는 방안이 나쁘다는 것은 아닙니다만, 이미 태국의 외환 위기를 겪은 외국인 투자자들 입장에서는 어떠한 생각이 들까요? 아시아권 국가들이 차례차례로 쓰러지고 있습니다. 다음이 우리나라가 되지 않으리라는 보장은 그 어디에도 없습니다."

"허."

누군가가 탄식을 터뜨렸다. 대남의 말에 틀린 구석이 없었기 때문이다.

기자들은 이미 한영과 순성의 부도 사실을 취재하면서 대한민국 경제가 가지는 큰 문제점을 어렴풋이나마 알고 있었다. 하지만 대남이 이토록 적나라하게 까발리니, 기자라는 이름이 무색해지리만큼 다른 사람들과 마찬가지로 놀라움을 감추지 못하고 있었다.

"저, 저놈이······!"

비서실장 황정세는 조금 전 청와대 안보회의를 마치고 자택으로 돌아온 직후였다. 하지만 야심한 시각 벌어진 기자회견 때문에 또다시 정신이 없어졌다.

황정세가 긴급 기자회견 생방송을 시청하다 자리에서 벌떡 일어났다. 정부가 감추기 급급한 치부를 대남이 사정없이 들

취내고 있었기 때문이다.

한영그룹과 순성그룹이 연달아 무너진 것만 해도 머리가 아파 정신을 제대로 차리지 못할 지경인데 대남이 저런 말까지 해버리니 비서실장으로서는 분노가 머리끝까지 차오르지 않을 수 없었다.

"내 지금 당장 저놈을!"

관자놀이의 혈관이 터질 듯 부풀어 오른 비서실장이 급히 집무실을 나서려는 찰나, 전화기가 울렸다. 심호흡을 하고 수화기를 들은 비서실장은 수화기 너머에서 들려오는 목소리에 곧장 기립한 자세가 되었다.

"예, 예! 각하. 지금 당장 가겠습니다."

대통령의 호출이었다. 비서실장은 수화기를 내려놓기 무섭게 옷을 갈아입고는 곧장 청와대로 향했다.

청와대는 늦은 시각에도 불구하고 환한 대낮처럼 전등이 꺼질 줄 몰랐다. 대통령 집무실 앞에서 옷매무새를 다듬은 비서실장이 심호흡을 한 번 하고는 걸음을 옮겼다.

집무실 문을 열고 들어서자, 비서실장은 자신보다 먼저 집무실에 와있는 민정수석의 모습에 잠깐 놀랐지만 이내 대통령의 물음에 곧장 대답을 해야만 했다.

"그래, 김대남 대표가 생방송 기자회견을 진행하고 있다고?"

"예, 각하."

비서실장은 대통령의 입에서 어떤 호령이 떨어질지 몰라 한 껏 긴장을 머금은 상태였다. 하지만 뒤이어 들려오는 노성은 없었다. 오히려 대통령은 소파에 몸을 기댄 채 지그시 두 눈을 감아 보이고 있었다.

어리둥절한 비서실장이 곁눈질로 민정수석을 바라봤지만 그 또한 입을 다문 채 침묵을 유지하고 있었다.

"각하, 제가 지금이라도 당장 기자회견을 중단시키겠습니다. 어린놈이 자기 분수도 모르고 저리 제 멋대로인 걸 보니 정말이지 못 봐줄 정도입니다. 이는 정부 각처의 관료들을 무시하는 처사가 분명합니다. 차라리 이번 기회에……."

"그만."

비서실장의 열변에 대통령이 손을 들어 제지했다. 비서실장은 대통령의 침묵을 보고 자신과 같은 마음이겠거니 생각했다. 뒤이어 이어진 대통령의 말은 그 예상과 판이했다.

"그대로 내버려 두게."

"예, 예?! 그게 무슨 말씀이십니까, 각하! 아, 죄송합니다."

황정세는 저도 모르게 반박을 표하다 실수를 인지하고는 곧장 고개를 숙여 보였다.

그러나 대통령은 자신의 예상과 달리 화가 난 모습이 아니었다. 오히려 모든 것을 인내한 표정이었다. 그의 얼굴에는 세월의 흔적과 깊은 고민이 깃들어 있었다. 대통령은 짐짓 뜸을 들이다 낮은 목소리로 말했다.

"순성그룹의 서 회장과 통화를 했지, 이미 한영그룹과 마찬가지로 살리기 어려운 실정이더군. 국가가 나선다고 한들 무슨 도움이 되겠나, 현재 국고가 비어가는 통에 기업을 살려보겠다고 나섰다간 오히려 나라의 존폐가 위험해질 수도 있는 사안이니."

"……."

비서실장은 고개를 들 수가 없었다. 어떻게 보면 작금의 상황은 정경유착과 더불어 정부의 안일한 태도에서 발생한 문제이기 때문이다.

대통령 또한 그 사실을 모르지 않는지 담담한 어조로 계속해서 말을 이어나갔다.

"정세, 지금 1불당 환율이 어떻게 되나."

"800원입니다. 각하."

"그래, 그것을 유지하려고 온갖 애를 썼었는데, 참 힘들군."

한국의 경제 규모에 비해 고평가되고 있던 원·달러 환율은 막대한 외채를 막는 데 필요한 강경책이었다. 하나 모든 것은 나라가 버틴다는 전제하에 가능한 이야기였다. 한영그룹의 부도를 일컬어 이미 일각에선 부정과 비리로 얼룩진 결과라는 말까지 나오고 있었다.

순항 중이던 주식시장은 이미 적신호를 느끼고 지각변동을 일으킬 준비를 하고 있었다.

"김대남 대표가 말이야, 조만간 코스피 지수가 1,000대 이하로 떨어질 것이라 장담하더군."

"……!"

"말도 안 되는 이야기입니다. 각하. 아무리 대기업 두 곳이 연달아 부도를 일으켰다고는 하나 이리 한 번에 무너질 나라가 아닙니다. 저희가 부국강병을 위해 얼마나 노력해왔습니까."

비서실장은 도대체 대통령이 순성그룹의 서 회장과 어떠한 대화를 나눴는지 몰라 속이 타들어 가는 기분이었다.

"노력은 했지만, 결과적으로는 곪은 것도 사실이야. 인정해야 해."

문민정부의 출범을 알린 대통령으로서는 상당히 파격적인 발언이 아닐 수 없었다. 비서실장이 숨을 큼 하고 들이켰다.

"과거보다는 나아졌지만, 어떻게 보면 미래를 향한 발걸음이 너무 성급했던 것일지도……."

대통령은 깊은 고민에 잠긴 듯했다. 민정수석은 대통령의 말에 묵묵히 고개만 끄덕여 보일 뿐이었다.

임기가 얼마 남지 않은 대통령으로서 마지막까지 깔끔한 모습을 남기고 싶었다. 하나 연이어 터진 대기업의 부도 사실에 레임덕 이상의 위기를 겪게 생겼다.

"한번 믿어 보는 수밖에."

대통령은 고개를 들어 TV를 바라봤다. 브라운관 너머에는 대남이 있었다.

태국의 외환 위기를 넘어서 아시아권에 드리운 경제 위기의 다음 타자가 대한민국이 될 수도 있다는 대남의 발언에 기자들은 눈을 부릅뜨고 있었다.

카메라가 그런 모습을 하나도 놓치지 않고 포착해 내고 있는 가운데, 대남의 담담한 목소리가 장내를 울렸다.

"한영그룹에 이어 순성그룹까지 부도 위기에 당면했습니다. 과연 작금의 위기를 막을 수 있는 방법이 있을까요. 기자분 중에 혹여 의견을 가지고 계신 분이 있다면 손을 들어 말씀해 주셔도 좋습니다."

대남의 질문에 기자들은 꿀 먹은 벙어리처럼 입을 다물었다. 평소에는 너 나 할 것 없이 질문을 하지 못해 안달이 났었지만 지금만큼은 당혹함을 머금은 채 서로가 눈치를 살필 뿐이었다.

"아무도 없으신 것 같군요."

공허한 대남의 목소리가 재차 장내를 울렸다. 시사부 기자들이라고는 하지만 현재 상황은 그 끝이 상상이 가지 않을 정도로 파죽지세의 형국이었다. 대남 또한 그 사실을 모르지 않는지 천천히 운을 띄웠다.

"한영그룹은 이미 부정과 부패의 상징이라 불릴 만큼 수많은 정·재계 스캔들을 일으키며 무너졌습니다. 이로 인해 드러난 한영의 정치적 로비자금은 금융위로서도 상상할 수 없을 만큼 막대한 금액이었습니다. 그렇기에 한영의 부도는 당연하다고 봐도 무방합니다. 하지만."

대남의 강경한 어조에 모두가 집중했다.

"순성그룹은 다릅니다. 잘못된 판단으로 무리한 사업 계획을 펼쳤을 뿐 비리에 얼룩진 한영그룹과는 궤가 다릅니다. 해당 기업은 평소와 같은 경제 상황이었다면 워크아웃을 통해 충분히 구제받을 수 있었을 것입니다. 하나 지금은 구원의 손길이 끊어진 상태입니다. 저는 이러한 순성을 살리기 위해 이 자리에 섰습니다."

"……!"

"그, 그게 무슨 말입니까. 김대남 대표!"

대남의 뜻밖의 발언에 기자들이 놀라움을 감추지 못하고 있었다. 개중 한 명이 용기 내어 소리쳤다. 침묵의 숲속에서 나온 한 가지 질문은 많은 이들의 이목을 집중시키기에 충분했다. 대남은 정면 카메라를 향해 나지막이 말했다.

"제가 순성의 새로운 주인이 될 것입니다."

대남의 발언에 기자들의 눈이 화등잔만 하게 커졌다. 그건 대통령 집무실에서 생방송을 지켜보고 있던 비서실장 황정세라고 다르지 않았다.

대통령과 민정수석은 이미 대남이 저러한 발언을 할 줄 알았던 것인지 동요하지 않고 있었다. 오히려 두 눈을 지그시 감은 채 상황을 관망하고 있을 뿐이었다.

"김, 김대남 대표! 지금 그게 무슨 말입니까? 순성의 새로운 주인이라니요. 순성은 현재 부도 절차를 밟고 있지 않습니까?!"

기자 중 한 명이 부리나케 소리쳤다. 잔잔한 호수에 돌을 던지듯 충격에 빠진 장내에 그 질문은 요동치듯 파문을 일으켰다.

카메라 감독이 급히 대남의 얼굴을 줌인했다. 장내의 모든 시선이 대남에게로 집중되었다.

숨 막히도록 사방을 옥죄어오는 긴장감이 감도는 가운데, 대남이 나직이 말했다.

"그 질문에 대답을 하기 이전에 먼저 한 분을 이 자리에 모시겠습니다."

대남의 말에 모두가 의문을 품었다. 과연 누구를 단상 위에 올리겠다는 말인가, 대남의 시선을 따라 사람들의 이목도 따라갔다. 그리고 일제히 탄성을 머금었다.

"……!"

단상 위로 한 노년의 여인이 걸음을 옮기고 있었다.

시사저널에 알려진 것처럼 짙은 화장과 화려한 의상은 아니었다. 딱 그 나이대의 여인처럼 단아한 차림의 노인이었다.

이윽고 그녀는 정면 카메라를 향해 깊숙이 고개를 숙이고는 말했다.

"안녕하십니까, 국민 여러분. 순성그룹의 회장 서인숙입니다."

"허."

기자들이 탄식과 탄성을 동시에 터뜨렸다. 서인숙 회장은 방금까지만 해도 순성그룹 자병원으로 긴급후송 되었었다.

그런 인물이 다시 이 자리에 나타난 것도 놀라운데, 과연 대남이 한 말과 무슨 연관이 있을까 하는 생각에 놀라움은 점차 배가 되어가고 있었다.

서인숙은 그러한 의구심을 풀어주려는 듯 천천히 말을 이어나갔다.

"순성그룹의 갑작스러운 부도 발표로 인해 많은 국민들이 황당함과 동시에 분노를 느끼셨을 것이라 생각합니다. 그 점에 관해서는 순성의 회장이었던 저 서인숙이 감히 이 자리에서 무릎을 꿇고 사죄드리는 바입니다."

"……!"

서인숙이 단상 위에서 무릎을 꿇고 카메라를 향해 깊숙이 고개 숙이자 좌중이 술렁였다.

그녀는 꽤 오랫동안 자세를 유지하다 천천히 일어나 마이크를 잡았다. 이전의 서인숙을 기억하는 사람이라면 작금의 상황이 말도 되지 않는 이야기라며 코웃음 칠 것이다.

기자들이 아직도 놀라움을 감추지 못하고 있는 가운데, 서인숙이 담담한 어조로 말했다.

"순성그룹은 무리한 사업 계획으로 인해 자금난 사태를 겪게 되었습니다. 막대한 금융권의 부채는 물론이고, 진행 중이던 사업의 끝맺음 또한 확신할 수 없는 단계에 이르렀습니다. 이에 사측에서는 리스크를 최소화하기 위해 계열사 매각 절차를 밟을 것입니다. 매각이 순리대로 이루어지게 된다면 순성의 부활은 불가능할지 모르나, 현재 회사에 소속된 직원들의 피해를 조금이나마 줄일 수 있을 것으로 예상됩니다."

한영그룹의 한건화 회장이 한영의 부도 이후 자금 횡령을 하고 법정 출석을 연기했던 것에 반해, 서인숙의 태도는 그야말로 전적으로 책임을 자신이 지고 간다는 모습이었다.

동시대 재계 거물들의 이와 같은 상반된 모습에 기자들은 긴장한 채 숨을 죽였다. 서인숙은 옆에 서 있는 대남을 바라보았다.

"위의 절차를 밟는다면 순성그룹의 일부는 약소한 조력을 통해 소생할 수 있을 것이라 예상됩니다. 하지만 이미 무너져

가는 기업에 선뜻 손을 내밀 수 있는 이는 없겠지요. 단, 한 사람을 제외하고는 말입니다."

서인숙은 짐짓 뜸을 들이다 대남과 시선을 마주치고는 말했다.

"앞으로 순성의 주요 계열사와 본사의 경우 지금 옆에 계신 황금양의 김대남 대표가 경영권을 전적으로 위임받을 것입니다."

"……!"

"그, 그게 무슨 소리입니까. 서인숙 회장께서는 더 이상 순성의 경영에 관여하지 않겠다는 것입니까? 아니면 김대남 대표를 전문 경영인으로 세우겠다는 말씀이신가요?!"

"둘 다 맞습니다."

"……!"

서인숙의 발언으로 인해 또다시 장내가 요동치듯 술렁였다. 기자들은 생방송이라는 것도 망각한 채 저들끼리 놀라움을 토해내기에 바빴다.

그것도 그럴 것이 현재 대한민국의 대기업은 족벌 경영의 양상을 띠고 있었고, 이는 순성그룹이라고 다르지 않았다. 서인숙이 자신의 일생을 바쳐 만들어 놓은 순성이라는 피조물을 선뜻 내놓겠다는 것은 쉽게 믿기지 않는 이야기였다. 오히려 함께 몰락하는 것이 더 신빙성 있는 모습이었다.

"앞으로 저를 포함한 오너 일가의 경영권 일체는 김대남 대표의 진두지휘 아래 재편성될 것입니다. 물론 능력과 실적이 모자란다면 밀려날 수밖에 없습니다. 먼저 회장인 저부터가 이 자리를 빌려 순성의 회장직을 사퇴한다는 사실을 알리겠습니다."

"허."

순성의 소생과 더불어 서인숙의 회장직 사퇴 소식은 부도만큼이나 충격적이었다.

"제아무리 황금양의 김대남 대표라고 할지라도 순성의 경영난을 막을 수 있을 만한 막대한 자금을 어떻게 융통할 수 있다는 말입니까? 잘 이해가 되지 않습니다!"

서인숙의 발표에 의문을 제기하는 이가 나타났다. 그의 말에 기자들이 재차 술렁였다. 틀린 말은 아니었기 때문이었다.

황금양이 파죽지세의 형국으로 차세대 기업의 선두로 발돋움하고 있다고는 하나 순성의 부도를 막을 수 있을 정도의 저력이 있을지는 아직 미지수였기 때문이다.

그제야 대남이 한 발자국 앞으로 나서며 기자들을 바라봤다.

"자금은 충분합니다."

"……!"

대남의 확고한 대답에 기자들이 눈을 부릅떴다.

"순성의 계열사 중 삼 분의 이는 매각 절차를 밟을 것입니다. 새로이 탄생하는 순성은 남은 삼 분의 일만을 가지고 부활할 것입니다. 그리고 그에 필요한 자금의 경우 황금양에서 융통될 것이고, 여기에 더불어 국민 여러분의 도움이 있다면 얼마든지 가능합니다."

서인숙은 담담히 고개를 끄덕여 보였다. 이러한 자리에서 국민들에게 호소할 수 있는 기업인은 현재 대한민국에 단 한 명밖에 없다고 봐도 무방했다.

검사 시절부터 청렴결백을 주장해왔으며 오로지 자신의 힘으로 정상에 다다른 대남뿐이었다. 또한 막대한 리스크를 짊어질 만한 용기를 지닌 이도 저 청년밖에 없을 것이라 서인숙은 생각했다.

"그, 그게 무슨 말입니까……?"

"현재 대한민국은 처음 기자회견을 시작할 때 제가 말씀드렸던 것처럼 막대한 경제 위기에 당면했습니다. 이를 급히 막지 못한다면 들판에서 시작한 화마가 산맥을 태우는 일처럼 돌이킬 수 없는 악몽과 맞닥뜨리게 될 것입니다. 저는 먼저 순성그룹의 부도부터 바로 잡아야 한다고 생각합니다. 그렇게 하기 위해선 결정적으로 국민들의 도움이 필요하고요."

"순성그룹이 바로 잡힌다고 해서, 현재의 문제가 사라지는 것은 아니지 않습니까."

"저는 빈대를 잡기 위해 초가삼간을 태우는 행위를 하려는 것이 아닙니다. 순성의 부도를 바로잡고, 향후 대한민국의 경제에 위기로 닥칠 만한 위험 요소들을 제거하는 데 중점적으로 시간을 할애할 예정입니다."

"위험 요소라고요?"

위험 요소라는 대남의 말에 일제히 이목이 쏠렸다.

"대한민국의 경제 위기를 발발시킨 장본인들은 아직도 저들의 잘못을 모른 채 남아 있습니다. 저는 일단 그들의 치부를 들출 생각입니다."

"……!"

치부를 들춘다, 마치 대남이 검사 시절 무소불위의 권력가들을 끌어내렸을 때와 마찬가지의 반응이었다.

평범한 이의 발언이었다면 그 누구도 귀담아듣지 않았을 말이지만 그 주체가 대남이 됨으로써 파급효과는 말로 형용할 수 없을 정도였다.

거침없는 행보와 더불어 언행일치의 모습을 보여줬던 대남이다. 기자들이 서둘러 손을 들고는 물었다.

"그, 그 위험 요소가 무엇입니까!"

인물이 될 수도, 혹은 기업이 될 수도 있는 위험 요소의 존재에 생방송을 시청하고 있던 몇몇 이의 등가에 굵은 땀방울이 맺혀 흘렀다.

대오그룹의 오영신 회장은 한영그룹에 이어 순성그룹까지 무너졌다는 사실에 당혹을 감추지 못했다.

또한 야심한 시각, TV를 통해 흘러나오는 대남의 긴급 기자 회견은 제아무리 오영신이라도 가히 충격적이었다.

"놀랍군, 경제 위기에 대해 서슴지 않고 말하고 있어."

대한민국에 불거진 경제문제를 가리는 것이 아니라, 대남은 들춰내고 있었다. 적나라하게 드러난 조국의 민낯에 모두 당황하지 않을 수가 없었다.

하지만 오영신의 충격은 거기서 끝이 아니었다. 생방송이 진행되는 기자회견장 단상 위로 한 명의 여인이 올라섰기 때문이다.

"서인숙이……?"

생방송에서 서인숙이 나와 대남에게 순성그룹의 경영권 일체를 양도한다는 사실을 발표하자 오영신의 관자놀이가 지끈지끈 아파왔다. 뭔가 상황이 자신이 생각했던 방향대로 흘러가지 않고 있었기 때문이다.

"도대체 어떤 수작을 벌이려는 것이냐."

오영신은 브라운관 너머의 대남을 바라보며 중얼거렸다. 평소와 같이 하얀 수염을 매만지던 점잖은 노신사는 없었다. 신경이 곤두서 금방이라도 터질 것 같이 혈관이 부풀어 오른 성이 잔뜩 난 노인이 팔걸이를 부서지도록 잡고 있었다.

-순성의 부활에는, 국민들의 도움이 결정적으로 필요하다 생각합니다.

"허."

대남의 말에 오영신이 옅은 탄식을 토해냈다. 반 토막도 아닌, 삼 분의 일 토막이 나버린 순성그룹을 소생시키기 위해 자신의 황금양을 쓰는 것도 모자라, 국민들의 도움을 공개적으로 호소했다.

하지만 그 어디에서도 비굴함은 찾아볼 수 없었다. 오히려 당당했으며, 보는 이로 하여금 설득당하게 만드는 힘이 있었다.

"난놈은, 난놈이야."

오영신은 저의 부름을 무시한 채 자신의 일관적인 행보를 걷는 대남의 모습에 감탄을 터뜨렸다.

전 국민이 바라보는 현장에서 저토록 당당하게 말을 내뱉는 이는 작금의 대통령이라고 해도 불가능한 이야기였다. 더욱이 놀라운 것은 현시대의 정치인들보다도 대남이 국민적 호감도가 높다는 사실이었다.

그만큼 젊은 그가 걸어온 행보는 말로는 설명할 수 없을 만큼 믿기지 않았다.

"위험 요소……?"

생방송을 시청하던 오영신이 대남의 발언에 미간을 좁혔다. 대한민국 경제 상황을 꼬집던 대남의 목소리에 틀린 구석을 찾아볼 수는 없었다.

하나 작금의 위험 요소라는 발언은 모호하였으며 말 그대로 위험천만한 발언이다. 하지만 오영신은 자신도 모르는 새 이마에 땀이 맺히고 있다는 사실을 몰랐다.

기자회견장의 모두가 숨죽였다. 마치 시간이 멈춘 것과도 같은 느낌이었다. 카메라 감독은 미세하게 카메라를 조종해 대남의 모습을 담아내고 있었다.

대남의 목소리는 마치 고요한 산속의 메아리처럼 사람들의 귓가를 진동시켰다.

"대한민국의 경제는 이미 사선을 걷고 있다 해도 과언이 아닙니다. 그 이면에는 기업들의 무리한 투자가 있었습니다. 여태껏 우리가 마주했던 경제성장은 기업들의 무분별한 차입경영을 통해 만들어졌다고 볼 수도 있습니다. 이로 인해 기업의 재무구조는 당연히 망가질 수밖에 없었을 것이며, 대한민국의 경제는 악화일로를 걷게 되었습니다. 지금 가장 시급한 위험 요소는 이러한 기업들을 걸러내는 것입니다."

"……!"

기업들을 걸러낸다니, 한영그룹을 통해 정경유착의 비리가 적나라하게 드러난 현 상황에서 대남의 발언은 과감하기 그지 없었다.

하지만 대남이 어떠한 기업을 지칭하는 것인지는 그 누구도 섣불리 판단할 수가 없었다.

기자들이 서로 눈치를 살피고 있는 가운데, 한 기자가 결심한 듯 선뜻 손을 들어 보이고는 물었다.

"김대남 대표께 질문 있습니다. 그렇다면 현재 가장 위험 요소라 생각되는 기업은 어디입니까!"

퍼스트 펭귄이 아닐 수 없었다. 그녀의 질문을 시작으로 모두가 똑같은 시선이 되어 대남을 바라봤다. 대남은 천천히 고개를 끄덕이며 정면 카메라를 향해 입을 열었다.

"오영신 회장님, 보고 계십니까."

20세기의 마지막 밤까지는 아직 수년이 남았지만 대한민국에선 벌써부터 노스트라다무스의 종말론이 여기저기서 회자되고 있었다.

　금융 호황기를 맞이했다고 해도 과언이 아닌 시대에 갑작스러운 대기업의 연이은 부도 소식은 사람들의 심장을 철렁 내려앉게 만들었다.

　"이러다 우리도 구조조정되는 거 아니야……?"

　대오물산의 김 대리는 불안정한 국내정세에 가득 따라놓았던 맥주잔을 한입에 비워냈다. 맞은편에 앉아 있던 동료 직원 또한 표정이 불안하기는 매한가지였다.

　대오그룹이 대한민국 재계 선두를 달리고 있다고는 하나, 한영과 순성이 무너진 마당에 대오라고 무사할 수 있다는 보장이 없기 때문이다.

　"한영 쪽 애들은 들은 이야기 있어? 김 대리, 너 대학 동기들이 한영그룹에 많다며."

　"듣기만 했다 뿐이겠냐, 한영그룹 다녔던 애들은 지금 집안에서 곡소리가 안 나오는 날이 없다더라. 회장 놈은 하루가 멀다고 휠체어 신세를 지더니 결국은 횡령이나 저지르고 자빠졌지, 기사회생도 불가하고 말이야. 그냥 세상이 멸망했으면 좋겠다더라, 다 꿈만 같다고."

　"어휴."

깊은 한숨이 절로 흘러나왔다. 명문대를 졸업하고 그토록 입사를 희망하던 대기업에 들어갔건만 대리를 달쯤 돌아온 것이 그룹의 부도라니, 기가 막히고 코가 막힐 지경이었다.

더욱이 회장이라는 작자가 저만 살겠다고 자금을 횡령한 것도 모자라 심신미약을 들어 법정 출석을 연기하는 통에 계열사 매각 절차조차 제대로 이뤄지지 않고 있었다. 당연히 한영의 직원들은 침몰하는 난파선 위에서 어쩔 줄 몰라 할 수밖에 없었다.

"우리는 괜찮겠지?"

동료 직원의 물음에 김 대리가 마른 입술을 쓸고는 대답했다.

"괜찮아야지."

착잡한 대답이 아닐 수가 없었다. 평소와 같았으면 대오그룹의 군건함을 자랑했을 터이지만 한영그룹에 소속되어 있던 대학 동기들의 모습을 보자니 전혀 안심이 되지 않았기 때문이다.

김 대리가 고개를 절레절레 흔들며 맥주잔에 입을 대려던 순간, 갑자기 술집 안이 소란스러워졌다.

"저 사람 김대남 대표 아니야?"

호프집에 비치된 대형 TV에선 긴급 생방송 기자회견이 송출되고 있었다. 동료 직원이 기자회견 중 TV에 비친 대남의 모습에 놀라 손으로 가리켰다.

"김대남?"

김 대리가 의아함을 머금고 TV로 시선을 돌렸다.

현재 대한민국에선 김대남이라는 이름 석 자를 모르는 이가 없을 정도로 대남은 유명했다. 불세출의 천재라는 별칭과 함께 검찰 시절 보여줬던 행보는 숱한 사람들의 마음을 동요시켰기 때문이다. 이미 대학생들 사이에서 그 영향력은 엄청났다.

"허어."

긴급 기자회견이 진행될수록 숨을 들이켜는 사람들이 많아졌다. 알코올에 알싸하게 취해 있던 술집의 직장인들은 머리에 찬물을 끼얹은 것처럼 충격을 머금은 표정이었다.

서인숙 회장이 직접 나와 순성그룹을 대남에게 양도한다는 이야기까지 나오자 자리에서 벌떡 일어나는 이들도 속출했다.

-김대남 대표께 질문 있습니다. 그렇다면 현재 가장 위험 요소라 생각되는 기업은 어디입니까!

어느 한 기자의 물음에 술집 안이 그야말로 폭풍전야의 고요함처럼 긴장감이 팽창되었다.

브라운관 너머의 기자들과 마찬가지로 술집 안의 직장인들은 술을 따르는 것도 잊은 채 일제히 자리에서 일어나 TV를 뚫어지라 주시하고 있었다.

"오영신 회장님, 보고 계십니까."

"······!"

대남의 말 한마디에 좌중이 동요했다. 기자들의 눈은 이미 더 이상 커질 수 없으리만큼 확장되어 있었다.

어느 기업이 대한민국의 위험 요소가 될 거라는 질문에 대 오그룹의 오영신 회장에게 안부 인사를 전한다는 건 뭘까, 의미심장한 대남의 말에 긴장된 기자들이 너도나도 할 것 없이 침을 꿀꺽 삼켜댔다.

"대오그룹은 대한민국 재계 서열 1위를 달리고 있다고 봐도 무방한 기업입니다. 선두가 지니는 의미는 상당하죠. 한영그룹과 순성그룹의 경우만 보더라도 알 수 있습니다. 대기업들이 흔들리니, 대한민국의 경제가 흔들렸습니다. 기업 친화적인 정책을 펼친 탓에 현재 대한민국의 경제는 재계와 손을 맞잡은 상태라 봐야 옳습니다. 그렇기에 저는 작금의 위험 요소를 대오라 생각하고 있습니다."

"······!"

대남의 확인사살에 카메라를 잡은 카메라 감독마저 고개를 돌려 방송국 관계자들을 살펴봤다.

그들은 하나같이 놀란 표정이었지만 굳이 생방송을 끝낼 생각이 없어 보였다. 이미 윗선에서 허가가 떨어진 문제였기 때문이다.

그들과 마찬가지로 서인숙 회장 또한 담담한 표정으로 대남의 말을 경청하고 있었다.

"대오는 현재 무역, 건설, 조선에서 금융업에까지 총 이십여 개가 넘는 계열사를 거느린 초대형 기업입니다. 기업의 시가총액만을 따지고 본다면 한영과 순성은 사실상 상대가 되지는 않죠. 그런데 만약 이런 그룹에서 한영그룹과 마찬가지의 사태가 벌어진다면 어떻게 되겠습니까?"

모두가 놀라 입을 다물지 못하고 있었다. 대남의 발언은 대오그룹을 대놓고 저격하고 있는 것이나 마찬가지였기 때문이다.

기자들의 머릿속은 연이은 특종에 복잡해질 지경이었다. 순성그룹의 경영권을 양도받았다고 해도, 재계 1위 대오를 건드리는 것은 웬만한 강심장이 아니고서야 불가능한 일이었다.

"말도 되지 않는 소리입니다! 김대남 대표께서는 대오가 대한민국의 얼마나 많은 직장인을 먹여 살리고 있는지 아십니까. 그런 허무맹랑한 뜬구름 잡는 소리로 대오의 명성에 금이

가게 된다면 어떻게 보상하려는 것입니까!"

대종일보의 기자였다. 대오그룹의 전폭적인 지원을 받는 대종일보답게 그는 대남의 발언에 맹렬히 맞받아쳤다. 또한 그에 동요하는 기자들도 생겨났다.

순성이 소생했다고는 해도, 한영그룹이 무너진 마당에 공포 분위기를 조성할 게 없다는 것이 그들의 중론이었다. 그들은 생방송임을 잊어먹은 채 대남에게 도리어 질문했다.

"김대남 대표가 그렇게 생각하는 까닭에는 그만한 증거가 있는 것입니까? 대오가 무너지면 대한민국이 무너진다는 사실을 모르십니까!"

"대오가 대한민국 경제의 위험 요소라면 어느 기업이라고 안전하겠습니까, 김대남 대표께서는 그 발언에 대해 구체적인 해석을 해주셔야 할 것입니다."

"현재 자국의 분위기가 심상치 않은데, 김대남 대표의 발언으로 인해 향후 어떠한 영향이 끼쳐질 것이라 생각되십니까?!"

몇몇 기자들의 질문이 맹렬하게 빗발쳤다. 대부분이 대오그룹과 연관이 있는 언론사의 기자들이었다.

마치 대남의 석고대죄라도 바라는 듯한 모습에 대남은 오히려 여유로운 태도를 고수하며 되물었다.

"그럼, 대오를 믿어야 하는 이유는 무엇입니까."

대남은 정면 카메라를 향해 나지막이 말했다.

"제가 대오를 위험 요소라 지목한 까닭에는 대오가 현재 앞선 기업들의 실패를 답습하고 있기 때문입니다."

"……!"

대남의 말에 좌중이 동요했다.

실패를 답습한다니, 그 말이 의미하는 바가 무엇일까. 의혹이 증폭되는 가운데, 대남이 그들의 의문을 해소시켜 주듯 말을 이어나갔다.

"기업들의 부도 사실과 더불어 대한민국의 경제가 위기에 당면한 까닭은 무리한 영역 확장에 있습니다. 세계화로의 발걸음, 분명 나쁜 것은 아닙니다. 하지만 내실을 채우지 못한 채 세계경영이라는 허울 좋은 명목을 내밀고 사업 확장을 하게 된다면 종국에는 앞선 기업들과 다름없는 길을 걷게 될 것입니다."

"김대남 대표께 질문 있습니다. 하지만 대오가 세계화로의 길에 성공을 거머쥐게 된다면 말이 달라지지 않겠습니까?"

"세계화로의 성공이라, 글로벌 경영이 성공하기 위해서는 몇 가지 전제조건이 필요합니다. 하지만 현재 대오그룹의 행보는 성공과는 거리가 멀어 보이는군요. 사업을 확장하는 데 있어 기존의 사업이익을 통한 자금을 융통해야 할 터이지만, 현재 대오는 외부차입에만 의존하는 상태입니다. 한마디로 빨리 치고 나가기 위해 브레이크 없이 풀 액셀을 밟았다는 뜻이지요.

안전기반이 없다는 말입니다."

질문을 해왔던 기자가 절로 입을 꾹 다물었다.

"이 같은 방법을 통해 결국 얻어낼 수 있는 건 낮은 이익률에 반하는 높은 채무 비율밖에 없습니다. 무리한 사업 확장을 통해 외부는 그럴듯하게 꾸밀지 모르나 내부는 곪을 대로 곪아 터진다는 것이지요. 하지만 비단 이것만으로 제가 대오를 위험 요소라 지목한 것은 아닙니다."

위험 요소라 지목할 만한 까닭이 또 있다는 뉘앙스에 기자들의 눈이 번뜩였다. 이어지는 뒷말에 기자들이 놀라움을 넘어서 숨을 큽 하고 삼켰다.

"대오는 회계에 문제가 있습니다."

기업 운영에 있어 회계가 문제가 있다는 말은 즉, 분식회계를 뜻했기 때문이다. 방송국 관계자들마저도 놀란 기색이 얼굴에 역력했다. 카메라는 그러한 모습들을 하나도 빠짐없이 담아내고 있었다.

대남은 천천히 고개를 끄덕이며 말을 이어나갔다.

"대오의 재무구조는 날이 지날수록 허약해질 수밖에 없습니다. 현재 대오가 취하고 있는 경영 자체가 제 살을 깎아 먹는 짓이나 다름없으니 말입니다. 하지만 이것과 별개로 대오의 회계는 분식회계라 말해도 좋을 만큼 기이한 상태입니다."

"그, 그 말이 정말 사실입니까?!"

대한민국 재계 1위의 그룹이 분식회계라니 기자들의 얼굴에는 믿기지 않는다는 기색이 가득했다. 대남은 선고를 내리듯 단호히 말했다.

"지급이자, 매출원가, 외환차손 등 수십 개의 계정을 과대, 과소 계상하여 회계처리 자체를 철두철미하게 조작했습니다. 대오건설의 경우 불확실한 매출채권을 당사의 부실 가능성이 적은 것처럼 보이기 위해 고의로 누락했으며 이는 국내 건설현장뿐만 아니라 해외 건설현장에서도 같은 수법을 자행한 것으로 보고 있습니다."

"허……."

다들 입을 다물지 못하고 있었다. 대남의 말은 그만큼 경악스러울 정도였기 때문이다

"앞으로 대오그룹에 철저한 감사가 이뤄질 계획입니다. 이는 정부와 발표 합의가 된 것이며 제가 먼저 이 자리를 빌려 발언하는 것입니다. 이토록 공개된 장소에서 대오를 위험 요소라 언급한 까닭은 더 이상 대오를 좌시할 수 없기 때문입니다. 대오는 현재 브레이크가 없어진 상태입니다. 만약 대오마저 무너진다면, 대한민국 경제는 돌이킬 수 없는 암흑기를 맞이하게 될 것입니다."

국가가 개입한다니, 대남의 발언이 의미하는 바는 상상도 할 수 없을 만큼 컸다. 이미 정부에서 대오의 분식회계 사실을 알

고 감사 절차를 밟고 있는 거라면 대오에게는 큰 부담이 될 것이다. 기자 중 한 명이 염려스러운 표정을 지어 보이며 물었다.

"김대남 대표께 질문 있습니다. 대오를 지킨다고 말씀하셨는데, 이토록 공개된 장소에서 사실일지 아닐지도 모르는 대오의 치부를 들추게 된다면 그 파급효과로 대오가 무너질 수도 있는 것이 아닙니까?"

"기자분께서도 대오에 문제가 있다는 사실을 인지하지 않으셨습니까. 곪은 부분은 분명 제거를 해야겠지요. 저는 대오를 무너뜨리려는 것이 아니라 지키려는 것입니다."

"그래도…… 대오가 무너지면 대한민국이 무너질 수 있는 문제가 아닙니까?"

"왜 그렇게 생각하십니까."

"그, 그건……."

"재계 1위라서, 대한민국의 경제를 지탱하는 근간이라서, 수많은 국민들을 먹여 살리는 직장이라서입니까? 우리는 이미 담록이라는 대기업이 사분오열되는 것을 두 눈으로 똑똑히 보았습니다. 기업이 무너진다 한들, 나라는 망하지 않습니다. 하지만."

대남은 자신에게 질문을 던진 기자를 향해, 담담하고 강경한 어조로 단언했다.

"나라가 망하면 기업은 다시 살아날 수가 없습니다."

대남의 말에 모두가 침음을 삼켰다. 대기업을 옹호하던 기자들마저도 고개 숙이게 만들었다.

나라가 망하면 기업을 살릴 수 없다는 목소리에 술렁이던 장내가 삽시간 만에 조용해졌다.

그 순간, 대종일보의 기자 한 명이 초를 치듯 대남에게 물었다.

"김대남 대표, 나라가 망하면 기업을 살릴 수 없다는 대표의 말은 현재의 대한민국을 너무나 무시하는 발언으로 생각됩니다. 한국전쟁 이후 기아에 시달리던 시대는 지나간 지 오래입니다. 이미 서울 전역에는 하늘과 맞닿은 빌딩들이 들어서고, 집집이 연탄이 아닌 보일러를 때는 시대가 찾아왔어요."

기자는 주위 사람들에게 동조를 바라듯 손을 넓게 펼쳐 보이며 말을 이었다.

"지금 이 수많은 기자가 김대남 대표의 기자회견을 듣기 위해 모여 있습니다. 방송국에서는 생방송으로 진행하고 있고 말입니다. 어떻게 보면 공인 그 이상의 위치에 있고, 전국적인 파급효과를 가지신 분께서 너무 현재의 사태에 대해 과격하게 평가하고 계신 것 아닙니까!"

나라가 망할 거라는 단어를 함부로 말한 대남이 아니꼬웠는지, 아니면 대오의 비리를 들추는 대남의 모습이 아니꼬웠는지 기자는 거센 콧바람을 내쉬고 있었다.

대남은 한 발자국 앞으로 나서며 반문했다.

"그럼, 기자분께서 생각하시기에 현재 대한민국은 어떤 상태입니까."

"그, 그건…… 경제 전문가들의 논의를 통해 도출해야 할 문제이지, 제가 판단할 문제가 아닙니다. 섣부른 판단을 하시는 김대남 대표 또한 마찬가지라고 생각합니다."

자신의 소신을 말했다고 생각해서일까, 기자의 얼굴에는 성취감이 가득 묻어 나오고 있었다. 대남은 그 모습에 고개를 절레절레 흔들며 말했다.

"틀렸습니다."

"……!"

"그, 그게 무슨 말입니까, 틀렸다니요!?"

"경제 전문가들이 현재 대한민국의 상태를 정확히 꿰뚫을 수 있을까요? 만약 가능했다면 지금의 사태는 벌어지지 않았을 것입니다. 눈 가리고 아웅은 그만하십시오. 세 살 먹은 어린아이라도 알 수 있습니다. 현재 대한민국이 기울어져 가고 있다는 사실을 말입니다!"

대남의 목소리에 기자가 놀라 뒷걸음질 쳤다. 카메라 감독은 대종일보 기자와 대남의 대립 양상을 빠짐없이 포착해 내고 있었다. 대남은 기자를 한 차례 빤히 바라보고는 고개를 돌려 정면 카메라를 향했다.

"작금의 대한민국은 연이은 대기업의 부도와 함께 드러난 정·재계의 부정부패로 인해 국민들의 분노가 하늘을 치솟고 있습니다. 더욱이 앞으로 어떠한 위험이 도사리고 있을지 모르는 현 상황에서 서로가 서로에게 칼날을 들이밀기보단 먼저 곪은 문제점을 도려내는 것이 최우선이라 생각됩니다."

대남은 다시 대종일보 기자를 내려다보며 한 마디 한 마디 끊어 말했다.

"곪아 터진 문제를 감추기에만 급급하다간 결국 썩고 썩어 더 이상 도려내는 것으로 끝나지 않고 온 사방으로 전염이 될 테니까 말이지요."

꿀꺽-

"국민들이 한마음이 되어 나라를 되살린다면 우리는 현재 찬란한 새벽을 맞이하기 위해 더없이 어두운 저녁을 거닐고 있는지도 모릅니다. 대통령께서도 말씀하셨듯이 말입니다. 모두가 한마음이 된다면……."

대종일보 기자의 얼굴이 새하얗게 질려 들어갔고 다른 기자들 또한 긴장된 채 침을 꿀꺽 삼킬 뿐이었다.

경종을 울리는 대남의 목소리에 모두들 입을 나물고 있을 무렵, 대남은 기자들과 현재 TV를 시청하고 있을 국민들을 향해 마지막 말을 했다.

"닭의 모가지를 비틀어도 새벽은 옵니다."

"허어어……!"

청와대 대통령 집무실에서 생방송 기자회견을 시청하고 있던 비서실장 황정세가 목덜미를 잡으며 탄식을 터뜨렸다.

생방송 중 대남이 대오그룹에 관한 치부를 사정없이 들춰냈기 때문이다. 정경유착이 당연시된 사회 속에서도 대오의 비리는 입을 다물지 못할 수준이었다. 또한 그걸 정부가 아닌 개인이 공개적인 석상에서 밝힌 것이 문제였다.

"정, 정부와 협의가 있었다고?"

비서실장은 대통령이 있다는 사실도 망각한 채 놀라 중얼거렸다. 말을 내뱉고 나서야 정신을 차린 비서실장이 급히 고개를 돌려 대통령과 민정수석을 번갈아 바라봤지만 두 사람은 이미 대남이 어떠한 발표를 할 줄 알았다는 듯이 짐짓 고개를 끄덕여 보였다.

"정세."

그 순간, 대통령의 낮은 목소리가 비서실장의 귓가를 두드렸다. 비서실장은 곧장 TV에서 시선을 돌려 대통령을 향했다.

"앞으로 대오그룹에 관한 감사를 실시할 생각이야, 김대남 대표의 말처럼 대오그룹 내부에선 기업의 존폐가 뒤흔들 만한 심각한 분식회계가 이루어지고 있으니 말이지."

"각하. 제, 제가 앞장서 조사단을 선별하겠습니다. 맡겨주시면 대오그룹의 문제점 하나하나를 빼놓지 않고 보고 드리겠습니다."

"아니, 자네는 이번 일에서 빠져있어."

"예, 예? 각하. 그게 무슨 말씀이십니까."

비서실장의 반문에 대통령이 손을 들어 제지했다. 그 모습에 비서실장은 더 이상 말문을 열 수가 없었다. 대통령은 비서실장을 향해 물었다.

"김대남 대표가 나라가 망하면 기업은 다시 살릴 수 없다고. 나도 그 말에는 심히 동감을 하는 바일세. 그렇기에 자네가 기업 감사를 맡으면 안 되는 것이야. 한영그룹이 금융기관을 통해 막대한 자금을 융통할 수 있었던 까닭에는 자네의 입김 또한 작용한 것으로 알고 있는데, 내 말이 틀린가. 정세."

"……!"

황정세의 얼굴이 홍당무만큼이나 붉어졌다. 손바닥으로 하늘을 가릴 수 없다는 말처럼 대통령의 시야에서 비서실장의 움직임은 하나도 빠짐없이 포착되고 있었다.

하지만 대통령은 대한민국이란 나라를 세계화하고, 경제성장을 시키기 위해, 원동력인 대기업들에 관한 특혜를 암묵적으로 눈감아주고 있었다.

"지금에 와서야 내 묵인이 얼마나 큰 잘못이었는지를 깨달았지, 이미 늦었지만 말이야……."

대통령의 목소리에는 회한이 가득 담겨 있었다. 분명 조국을 위해 일하고 있다고 생각했는데 알고 보니 자신의 잘못된 판단으로 인해 나라가 흔들리고 있었다. 대통령은 비서실장을 바라보며 단호히 말했다.

"자네의 처분은 이번 사태가 바로잡히고 나서 하겠네, 그 전까지는 자네도 대통령 비서실장이라는 직책에서 더 이상 권력을 사리사욕을 위해 사용하기보단 나라를 위해 써주길 바라네, 이건 대통령으로서의 명령이자 자네와 정치 생활을 함께해 온 친우로서 내 마지막 부탁일세."

대통령이 말에서 느껴지는 의미는 컸다. 그가 대통령에 당선되기 이전부터 오랫동안 측근에서 일을 해오던 비서실장으로서는 부탁이라는 그 단어가 얼마나 큰 의미인지 모르지 않았다. 기업의 부도를 떠나, 나라의 존폐가 달린 문제가 분명하기에 비서실장 또한 결연한 표정으로 고개를 끄덕여 보였다.

대통령은 옆자리에 앉은 민정수석을 바라보며 말했다.

"석우, 자네가 앞으로 대오에 관한 감사를 맡아 진행해. 한 치의 빈틈도 보이지 않고 말이야, 파낼 수 있는 곳이 아니라 대오 전체를 뒤집어엎는다는 생각으로 임하게."

건국 이래 초유의 결단이었다. 정경유착이 만연해 오던 시대의 흐름상, 재계 1위의 대기업을 해부한다는 것은 그야말로 대한민국 경제를 재조립한다는 의미이기도 했기 때문이다.

민정수석은 대통령의 명령에 깊숙이 고개를 끄덕이며 대답했다.

"예, 각하!"

쾅!

대오그룹의 회장실에서 기자회견을 보고 있던 오영신 회장이 테이블에 놓여 있던 유리 재떨이를 들어 곧장 브라운관을 향해 던졌다.

브라운관과 재떨이가 부딪치며 유리 조각이 비산하듯 떨어져 내렸다. 그 모습을 지켜보던 비서가 저도 모르게 몸을 움츠러뜨렸다.

"김, 김대남 이놈이……!"

오영신의 목소리가 평소와는 상반될 만큼 떨렸다. 하지만 그 목소리에 담긴 분노와 적개심은 그 어떤 때보다도 적나라하게 드러나 있었다.

그의 노회한 눈동자는 어느새 시뻘겋게 충혈되어 있었고 검버섯이 핀 볼가는 거세게 실룩이고 있었다.

"회계, 회계관리는 어떻게 되었어?!"

오영신이 급히 고개를 돌려 기립해 있는 비서를 바라봤다. 일전에도 보고를 올렸건만, 대남이 공적인 석상에서 저렇게 발언을 해버리니 오영신조차도 심히 당황한 듯했다.

비서 또한 긴장을 머금은 채 진땀을 흘리며 말했다.

"정, 정부에서 저희 대오그룹으로 누가 감사 파견이 나올지는 모르겠으나 회장님께서 걱정하지 않으셔도 좋습니다! 일전에 회장님의 당부로 회계부서 자체를 재편성했으며, 장부 관리는 이중 삼중으로 하고 있기에 재무구조에 관해서는 결코 흠잡힐 구석이 없을 것입니다."

비서의 목소리에는 확신이 차 있었다. 그것도 그럴 것이 오영신 회장의 닦달로 인해 회계부서 자체를 갈아엎은 뒤였다.

정부에서 감사 인원을 파견한다는 소식에 오히려 콧방귀까지 나왔다. 대오그룹과 현 정권이 가지는 유착 관계를 모른다고 해석할 수밖에 없었다.

"더욱이 정부에서 파견되는 인물이라고 해봐야 저희 손바닥 안이지 않겠습니까."

"그래, 그렇지."

오영신은 그제야 안심이 되는 듯 자신의 하얀 수염을 매만지며 진정했다.

"검찰이든, 재경원이든 끊임없이 연락을 취해서 누가 파견을 나오는지 미리 알아놔. 감사가 진행된다고 하더라도 아무 이상 없게 말이야. 우리가 그쪽에 쏟아부은 돈이 있으니 그들도 나 몰라라 하진 못할 테지."

"예, 회장님!"

"김대남 이놈은 이번 사태가 끝나고 나면, 내 가만두지 않을 테야. 닭의 모가지를 비틀어도 새벽은 온다고?"

오영신은 아직도 머릿속에서 대남의 얼굴이 떠나지 않는지 금방이라도 노성을 터뜨릴 것 같은 모습이었다.

하룻강아지 범 무서운 줄 모르고 덤빈다고, 이제 막 기업인으로서 이름을 알리기 시작한 놈이 생방송 중에 자신에게, 대오그룹의 경영 방침에 훈계를 내리다니. 괘씸하다 못해 분노가 치밀어 올랐다.

오영신은 브라운관 너머의 대남을 향해 낮게 으르렁거렸다.

"어디, 네놈의 목을 비틀어도 그런 소리가 나오는지 두고 보자."

[金 사회에 남은 기업 비리 전부 도려내겠다. 선포!]
[대오그룹, 그 속을 전격 정부 감사 해부하다!]
[김대남 대표曰 대한민국의 위험 요소, 바로 대오!]

대남의 생방송 기자회견 직후 대남과 대오그룹에 관한 기사가 물밀 듯이 쏟아져 나왔다.

정부의 입장 표명 또한 빠지지 않고 등장했다. 청와대 측 대변인은 기업 비리를 전부 도려내겠다는 대통령의 입장을 언론에 전했다.

이로 인해 대오그룹에 관한 감사는 전국민적 관심을 받게 되었고, 항간에는 '김대남 대표가 잘못짚은 것이다'라는 말이 나오는가 하면 또 한편으로는 대오 또한 한영과 다를 바가 없다는 말까지 갖가지 설왕설래가 오가고 있었다.

"아직도 누가 감사총괄로 특임됐는지 모른다고?"

오영신이 비서를 향해 낮은 목소리로 물었다. 비서는 어쩔 줄 몰라 하며 진땀을 흘릴 뿐이었다.

"로비뿐만 아니라 각종 정부 측에 붙어 있는 저희 정보통을 이용해 봤지만 총괄로 누가 특임됐는지는 극비리에 부쳐졌다고 합니다. 청와대에서 직접 내려온 하명이라 고위직 관료라고 해도 아는 이가 없는 듯했습니다. 소문에는 민간 전문가가 맡았다는 말도 있고……."

"내가 그따위 소문을 듣고 싶어서 그런 줄 알아!"

오영신의 얼굴이 붉게 달아올랐다. 감사팀의 총괄을 먼저 매수해 안전하게 이번 사태를 지나가려는 것이 그의 목적이었다.

하지만 시간이 지날수록 대오그룹 회계감사에 관한 언론의 관심은 가열되었으며, 감사를 맡은 총괄이 누구인지는 여전히 오리무중인 상태였다.

그 순간, 인터폰이 울렸다. 눈치를 살피던 비서가 긴급히 수화기를 받아들었다.

"뭐, 뭐라고?!"

바로 앞에 오영신이 있다는 것도 망각한 채 비서가 목소리를 높였다. 그의 얼굴은 금방이라도 죽을 것처럼 시퍼렇게 질려가고 있었다.

오영신이 의아함과 분노가 담긴 시선을 보내자 비서가 급히 수화기를 내려놓으며 대답했다.

"회, 회장님. 감사팀이 현재 본사 로비에 도착했다고 합니다."

"뭣이!"

정부 측에서 예정된 날짜를 잡지 않았기에 아직 시간이 남아 있다고 생각한 것이 패착이었다.

오영신의 이마에 굵은 땀방울이 맺히기 시작했다. 오영신은 부리나케 회장실을 빠져나와 본사 로비로 걸음을 옮겼다.

"회, 회장님!"

비서가 긴급히 뒤에 따라붙자, 오영신 회장을 알아본 대오의 직원들이 급히 고개를 숙이기에 바빴다. 오영신은 그들의 시선에도 아랑곳하지 않고 걸음에 박차를 가했다.

"대오를 건드릴 수 있는 놈은 이 세상 어디에도 없어!"

오영신이 분노를 머금은 채 중얼거렸다. 하지만 긴장된 기색은 지우지 못하겠는지 관자놀이 쪽 튀어 오른 굵은 혈관 위로 송골송골 땀이 흘러내리고 있었다.

　로비에 도착한 오영신은 검은 정장 차림의 무리를 마주할 수가 있었다. 그들은 대오의 직원들과는 판이한 분위기를 풍기고 있었으며 이미 입구 건너로는 기자들까지 인산인해를 이루기 시작했다.

　'누구냐! 도대체 누구냐!'

　오영신이 안광에 힘을 준 채 감사단을 노려보기 시작했다. 전부 대오그룹의 내부를 샅샅이 들추고자 정부에서 파견한 인재들이었다. 하지만 누가 그 수장을 맡았는지 이 자리에서 당장 알기는 요원했다. 그 순간, 오영신의 귓가로 낯익은 이름이 파고들었다.

　"김대남 대표……?"

　누군가의 의아한 말 한마디에, 오영신은 그제야 감사단의 가장 앞 열에 자리한 사람을 확인할 수가 있었다.

　대남의 등장으로 인해 대오그룹이 흔들리듯 술렁였다.

　오영신은 믿기지 않는 듯 재차 눈을 강하게 감았다 떠 보이고는 감사단을 직시했다.

　오영신의 목에선 핏대가 빗물을 맞은 지렁이처럼 맹렬하게 꿈틀거렸다. 그런 그의 입에서 화마가 튀어나오듯 노기 어린 목소리가 터져 나왔다.

　"김, 김대남. 이노오오옴."

회장의 분노 때문일까, 직원들은 대남의 등장에 적잖이 놀랐지만 급히 고개를 숙인 채 가던 길을 가야만 했다.

술렁이던 로비 속에서 오영신의 목소리가 울리니, 자연히 감사단의 시선도 오영신을 향할 수밖에 없었다. 하지만 대남은 오영신의 노성에도 아무렇지 않은 표정이었다.

대남이 움직인 것은 읽어보던 서류의 종장이 끝이 난 뒤였다. 대남은 오영신 코앞까지 걸음을 옮기고는 말했다.

"마침, 나와 계셨군요."

"……!"

대남의 사무적인 말투에 오영신의 하얀 수염이 요동치듯 흔들렸다.

그의 눈동자는 이미 붉게 충혈되어 있었다. 활화산의 폭발 직전을 바라보듯 직원들의 얼굴에는 불안감이 엄습했다.

긴장된 분위기 속에서도 기자들은 회사 입구에서 소란스럽게 현재의 상황을 포착해 내기에 바빴다.

상황이 이렇게 흘러가니, 오영신 또한 어금니를 부서지도록 깨물며 한 차례 속을 식혀냈다.

"네놈이, 아니, 자네가…… 여길 왜 왔나."

"왜 왔는지 모르십니까? 제가 일전에도 말하지 않았습니까, 대오그룹에는 치명적인 문제점이 존재한다고 말입니다."

"……!"

대남의 말 한마디에 좌중이 술렁였다. 대남과 오영신이 말을 섞음으로써 고요해진 로비 속에서 대남의 목소리는 그 어느 때보다 크게 들렸다.

'치명적인 문제점'을 일컫는 그 말에 직원들의 얼굴이 거무죽죽해졌다. 비서가 급히 앞으로 나서 대남의 말에 제동을 걸었다.

"그, 그런 말도 되지 않는 소릴!"

"말이 안 된다니요, 겉으로 깨끗해 보이는 것은 누구나 할 수 있는 법입니다. 한영그룹의 몰락을 눈앞에서 목도하시지 않으셨습니까."

"그만!"

오영신이 거센 콧김을 내쉬어 보이며 대남의 말꼬리를 잘랐다. 그는 미간을 좁히며 대남을 향해 경고하듯 말했다.

"그래서 자네가 여기에 온 이유가 무엇인가. 내가 생각하고 있는 게 맞나?"

"정부로부터 감사단의 총괄을 맡아 달라 특임을 받았습니다. 민간인이기는 하나 이전 검찰에서 특별 내사를 진행했던 전력도 있고, 결정적으로 이번 대오그룹 사건의 도화선에 불을 붙이는 역할을 한 게 크겠지요."

"크흠!"

명백히 불쾌함을 드러내는 기침 소리였다.

대남이 감사단의 총괄을 맡았다는 소식이 전해지자 기자들이 모여 있던 로비 밖으로는 더욱 요란한 소리가 들려왔다. 반면 비서를 비롯한 직원들의 얼굴은 한층 더 어두워지기 마련이었다.

초상집과 잔칫집을 마주하고 있는 듯한 양상에 대남이 짧게 고개를 끄덕이며 말했다.

"그럼, 앞으로 자주 뵙겠습니다, 오영신 회장."

경어체를 무시한 대남의 인사말에 오영신의 옆에 있던 비서가 큽 하고 숨을 들이켰다.

대남은 고개를 돌려 감사단을 바라봤다. 수십 명의 인원이었다. 대오그룹이라는 거대한 공룡을 해부하는 일이다 보니, 수십 명의 인원마저 적게 보였다.

하지만 대남이 선별한 인원인 만큼 그 내력만큼은 한 명 한명이 무시하지 못할 수준의 인재들이라 자신 있게 말할 수 있었다.

"자 그럼, 어디부터 손을 대야 할까."

이어지는 뒷말에 오영신이 눈을 부릅떴다.

"회계부서는 어디에 숨겨놓으셨습니까."

[청와대 대오그룹 감사특임으로 김대남 전격 임명!]
[김대남 대표, 대오그룹의 해부할 메스를 잡다!]
[사상 초유의 사태 발발 직전인가, 해프닝으로 끝날 것인가.]

대남이 대오그룹에 모습을 드러낸 직후 쏟아져 나온 기사들의 제목은 하나같이 대남의 등장을 주목하고 있었다. 대오그룹의 치부를 생방송에서 들춰낸 장본인이 특별 감사의 총괄을 맡았다는 것은 정부의 입장을 확실히 드러낸 자세이기도 했기 때문이다.

"이게 도대체가!"

비서실장 황정세는 기사와 각종 언론의 보도에 이맛살을 찌푸렸다.

그는 곧장 신문을 손아귀에 말아 쥐고는 민정수석 집무실로 걸음을 옮겼다. 노크의 필요성을 느끼지 못한 것인지 문을 박차고 들어간 비서실장이 민정수석을 향해 나무랐다.

"석우, 도대체가 이게 무슨 짓인가, 김대남이를 감사팀의 총괄로 임명시키다니! 내가 일전에도 말했지 않나, 대오그룹을 감사할 총괄 자리에는 내가 아는 괜찮은 인물이 있다고 말이야! 김대남이 같이 반골 기질이 가득한 놈을 그 자리에 앉혔다가 무슨 사단이라도 나면 어쩌려고 그러는 것이야."

"각하께서도 제게 전권을 위임하셨습니다. 저는 대오그룹의 감사를 제대로 할 수 있는 인물이 김대남 대표를 제외하고는 없다고 판단했기에 그런 결단을 내린 것입니다."

"이런 맹랑한! 석우, 내가 정치판에서 있었던 게 몇 년인데 각하의 의중 하나 해석하지 못했겠나! 지금 시국이 어느 때인데 뭘 더 어수선하게 만들자는 것이야. 대오그룹에 문제가 있다고 한들 이 사태가 잠잠해지고 난 뒤에 해야 할 문제이지, 기자회견 발표가 난 지 얼마나 됐다고 이렇게 벌집 쑤시듯 쑤셔대는 겐가!"

비서실장은 민정수석을 향해 삿대질까지 해가며 언성을 높이고 있었다. 그 모습에 민정수석이 자리에서 일어나며 나직이 말했다.

"이상하군요."

"뭐?"

"각하께서도 비서실장께 직접 말씀하지 않으셨습니까. 더 이상 권력을 사리사욕이 아닌 나라를 위해 써주길 바란다고 말입니다. 한데 왜, 본인의 권력을 이용해 감사단의 총괄을 바꾸려고 하시는 것입니까."

민정수석의 말에 비서실장의 얼굴이 끓는 주전자처럼 밑에서부터 차츰 머리끝까지 벌겋게 달아올랐다.

비서실장은 애써 침착하게 목소리를 가다듬고는 말했다.

"석, 석우, 각하께서 자네를 좀 특별히 생각하는 건 아네. 그렇다고 지금 눈앞에 뵈는 게 없나! 난 그저 감사단의 역할을 제대로 수행할 수 있는 인재를 선별하려고 했던 것뿐이야! 지금 도처에서 어떠한 말이 나오고 있는지 민정수석으로서 자네가 파악하고 있는 게 뭔가? 김대남의 행위를 보며 대오그룹에 관해 과한 칼날을 들이민다는 의견이 분분해. 기업을 운영하다 보면 티끌만 한 먼지가 나오기 마련인데, 그것을 다 잡으려고 들어?"

"티끌만 한 먼지……."

"그래, 사람이 살다 보면 실수도 할 수 있는 것인데. 이런 중대한 시기에 김대남이 같은 폭탄을 감사단의 선두에 넣어버린 자네의 용단은 명백한 실수이지! 지금이라도 얼른 총괄을 바꾸도록 하지, 기사 정정 보도는 내 청와대에서 직접 언론사에 공문을 보낼 터이니."

비서실장은 강경하게 말을 내뱉으면서도 제삼자가 보기에도 다급해 보일 정도로 초조해 보였다. 그 모습에 민정수석이 고개를 절레절레 저어 보이며 물었다.

"총괄을 바꾸는 문제에 관해서는 낙장불입이라, 불가합니다."

"뭣이, 청와대에서 결정하는 문제이거늘 무슨 낙장불입을 논하나!"

"김대남 대표가 이번 일에 적격자임은 명백한 사실입니다.

저는 비서실장님의 태도가 이해되지 않는군요. 총괄을 바꿔야 하는 중대한 문제라면 저 말고 각하를 찾아가면 되는 일이 아닙니까."

"각, 각하께서 자네에게 위임한 일이 아닌가. 내가 감히 각하의 뜻을 거스를 수는 없지. 그건 그렇고 자네는 선배가 말하는 것에 대해 이렇게 따박따박 말대꾸를 할 텐가."

비서실장은 짐짓 으름장을 놓으며 민정수석을 노려보았다. 평소와 같았으면 민정수석이 고개를 숙였겠지만, 이번만큼은 달랐다. 민정수석의 눈동자에는 흔들림이 없었고 비서실장의 윽박에도 오히려 더욱 굳세어질 뿐이었다.

"비서실장님께서 한영그룹의 로비를 받았다는 사실은 이미 각하께도 통보된바, 이번 사태가 소강되는 즉시 처분을 내린다 하였습니다. 그렇기에 이번 대기업 감사에도 비서실장님의 입지가 작아질 수밖에 없었지요. 한데 이렇게 분란을 만드시는 까닭을 모르겠습니다."

"뭐어, 부, 분란?!"

"그렇습니다. 현재 비서실장님께서 하시는 행동은 분란의 요지가 충분합니다. 이번 기회를 빌어 민정수석이 아닌 정치 후배로서 진실 되게 묻고 싶군요. 비서실장님께서 말씀하신 대오그룹의 티끌만 한 먼지에……."

민정수석은 담담한 어조로 비서실장을 향해 물었다.

"비서실장 본인도 포함되어 있는 것입니까."

대오그룹 내부는 마치 전란의 소용돌이에 휘말린 것처럼 어수선하기 그지없었다. 정부에서 대규모 감사 인원이 파견되었으니 당연한 결과였지만 선두에 대남이 있다는 사실에 가슴이 철렁였다.

대남이 누구란 말인가. 검찰 시절부터 하늘에 나는 새도 떨어뜨린다는 권력가들을 우후죽순처럼 잡아낸 인물이다. 혹여나 한영그룹의 전철을 밟게 되는 것은 아닐까 두려움이 싹트는 것은 당연했다.

"잘 숨겼겠지."

오영신의 목소리에는 불안감과 초조함이 동시에 담겨 있었다. 오영신의 앞에 기립해 있던 비서는 걱정하지 말라는 듯 고개를 깊숙이 숙여 보이고는 말했다.

"걱정하지 않으셔도 될 것 같습니다. 김대남 대표가 감사를 시작한 지 벌써 일주일이 다 되고 있지만 정작 나온 것은 하나도 없지 않습니까. 언론에서 김대남을 치켜세워 준다고 한들, 저희가 각고의 노력 끝에 감춘 비밀들은 결코 들춰낼 수 없을 것입니다."

"그래…… . 제깟 놈이 뭐라고. 청와대 측에서는 따로 연락이 없었나."

"청와대 쪽에서는 아직 따로 연락이 오지 않았습니다. 아무래도 시기가 시기이다 보니 몸을 수그리고 있는 것이 아니겠습니까. 하지만 김대남 대표가 빈손으로 돌아가게 된다면 즉시 반응이 올 것입니다. 언론에도 압박을 넣어 대오그룹에 관한 우호적인 기사를 내도록 하겠습니다."

대오그룹에 관한 감사가 시작된 지 일주일에 다다르고 있었지만 대남 측에서 이렇다 할 목소리가 흘러나오지 않으니 비서는 긴장을 한껏 풀은 모습이었다.

오영신은 아직까지 불안이 가시지 않은 모습이었지만 위엄을 잃지 않으려는 듯 한껏 담담하게 말했다.

"그래, 아무리 유명한 이야기라도 아흐레를 가지 못하는 것이 이 나라의 습성이니 말이야. 시간이 지나면 해결해 줄 문제이지. 자네는 앞으로 김대남의 움직임을 주시하도록 하게. 조금이라도 빈틈이 보인다면 어떻게든 파고들어도 좋아."

"예, 알겠습니다!"

절치부심이라는 말이 어울릴 정도로 오영신은 대남의 행보에 관해 치를 떨었다. 이번 사태가 잠잠해지기만을 기다릴 뿐이었다. 오영신은 대남의 얼굴을 떠올리며 날카롭게 경고했다.

"후회는 언제나 늦게 찾아오는 법이야, 지금쯤 제깟 놈도 상대를 잘못 골랐다고 생각하고 있겠지. 한영과 같은 전처를 천하의 내가 밟을 줄 아는가."

"맞습니다, 회장님. 대오그룹이 어디 한영그룹과 비교할 수 있겠습니까. 한영이야 경영 자체를 아무 안전장치 없이 막무가내로 저질러댔으니 그러한 문제가 생기는 게 당연했습니다."

"그래, 모래성 같은 한영과 대오를 비교하면 안 될 터이지."

그 순간, 인터폰이 울렸다. 비서는 오영신의 말에 동조를 표하며 수화기를 받아들었다. 수화기를 받아 들은 비서의 표정이 시퍼렇게 질려 들어가는 것에는 불과 몇 초가 걸리지 않았다. 오영신은 비서의 안색이 갑작스럽게 변하자 의아하게 물었다.

"무슨 일이야."

"그것이……."

"뜸 들이지 말고 빨리 말해봐!"

"지, 지금 본관 로비에서 김대남 대표가 중대 발표를 한다고 합니다."

"뭐어?!"

오영신이 믿기지 않는다는 듯 이맛살을 찌푸리며 되물었다. 말도 되지 않는 처사였다.

대오그룹의 수뇌부도 아닌 인물이 대오그룹의 본관 로비에서 기자회견을 열겠다니. 하지만 그 거짓말 같은 일이 이미 벌어지고 있었다. 굵은 땀방울이 흐르고, 불안감이 파도처럼 밀려와 오영신의 전신을 엄습했다.

철옹성 같던 대오그룹의 본관이 활짝 열렸다. 기자들은 언감생심 꿈에도 누리지 못했던 대오그룹의 출입에 얼굴이 한껏 달아올라 있었다.

로비는 이미 기자들과 수군거리는 소리에 나온 직원들로 인산인해를 이루고 있었다. 오영신은 자신의 집 마당에서 벌어지는 이 기괴한 일에 목에 핏대를 세웠다.

"기자들 출입할 때 막지 않고 뭘 했어!"

오영신의 호통에 부리나케 나타난 보안팀장이 급히 고개를 숙여 보이고는 어쩔 줄 몰라 하는 표정으로 말했다.

"그게 저희도 막아보려 했지만 청와대에서 내려온 명이라……."

"뭐?! 청, 청와대?"

"예, 회장님께 보고 드리기도 전에 김대남 대표를 필두로 한 청와대 감사팀이 강제로 기자들을 출입시켰습니다. 중대 발표가 있다면서 말입니다. 기자들은 김대남 대표를 뒤에 업고 저들의 몸에 손이라도 댔다가는 곧장 기사행이라며 겁박을 내지르는 통에……."

"허!"

오영신은 기가 막히는지 짤막한 탄식을 토해냈다. 천하의 대오그룹을 상대로 감히 협박을 하다니, 간이 배 밖으로 나온 것이 아니고서야 불가능한 이야기였다.

이 모든 것을 가능케 한 것은 분명 단상 위에 서 있는 대남일 터, 오영신의 맹렬한 시선이 대남에 맞닿았다.

"당장 끌어내!"

오영신은 주변인들의 시선에도 아랑곳하지 않고 대남을 향해 삿대질을 했다. 그의 노기 어린 목소리가 장내를 들썩이니 대남의 등에 업고 대오에 입성했던 기자들의 얼굴에도 긴장한 기색이 드리워졌다.

그 순간, 대남이 마이크를 휘어잡으며 말했다.

"오영신 회장께서는 그만 자중하시지요."

"……!"

대남의 발언에 모두가 놀라움을 감추지 못했다. 오영신은 두 눈을 부릅뜬 채 대남을 발기발기 찢어버릴 거라는 표정으로 노려보고 있었다.

대남은 오영신의 시선을 받으며 담담하게 말을 이어나갔다.

"이번 중대 발표는 대오그룹의 재무구조에 관한 청와대 감사보고입니다. 대중들은 이미 대오그룹의 내부 상태가 어떠한지에 대해 지대한 관심을 쏟고 있습니다. 청와대에서도 감사팀에서 1차 보고 결과가 나오는 즉시 기자회견을 열어도 좋다는 말이 나왔고 말입니다. 상황이 이러한데, 오영신 회장께서는 왜 감사 결과에 대한 발표를 막으려 드는 것입니까? 혹시……"

이어지는 뒷말에 대오그룹의 직원들이 큽 하고 숨을 들이
켰다.

"켕기시는 것이라도 있으신 겁니까?"

"……!"

오영신의 얼굴이 기차 화통을 삶아 먹은 것처럼 벌겋게 달
아올랐다. 명백히 자신을 조롱하는 대남의 말에도 그는 반박
할 수가 없었다. 이 자리에서 중대 발표를 막았다간 대남의 발
언처럼 켕기는 것이 있어 그렇다 해석될 테니 말이다.

대오의 직원들은 초조한 눈빛으로 그들의 회장을 바라봤
다. 오영신은 주위의 숱한 시선을 느끼며 날카로운 어조로 입
을 열었다.

"한번 해보게나, 하나 말도 되지 않는 억측에 의한 주장을
한다면 각오하는 것이 좋을 게야. 청와대에서 특임을 받았다
고는 하나 김대남 대표는 분명 사회적 분란을 조장하고 있으
니 말이지."

"사회적 분란이라……."

대남은 말꼬리를 흐리며 로비에 가득 들어찬 기자들을 내려
다보았다.

평소의 말 많던 기자들이 대남과 오영신의 대화가 시작되자
쥐죽은 듯 조용해져 있었다. 그들은 자신들의 숨마저도 의식
하며 자제하는 것처럼 보였다.

대남은 천천히 고개를 끄덕이며 뒷말을 이었다.

"과연 누가 그 분란을 야기하는지는 두고 봐야 할 일이죠."

그 시각, 대통령은 집무실에서 민정수석의 보고를 받고 있었다. 민정수석이 건넨 보고서를 읽어 내려가던 대통령이 담담한 목소리로 말했다.

"지금쯤, 김대남 대표가 중대 발표를 하고 있겠군. 그것도 적진 한가운데서 말이야."

대통령은 머릿속에서 대남의 얼굴을 떠올렸다. 대한민국의 위험 요소를 제거하겠다고 당찬 포부를 내비친 젊은 청년, 자신 또한 젊었을 적 군사정권에 맞서 민주화 항쟁을 위해 앞뒤 가리지 않고 노력했었다.

하지만 조국에 위험이 당면한 이 순간, 대통령이라는 직함을 달았지만 자신이 한 없이도 무능력하게만 느껴졌다.

"예, 각하. 젊은 청년이지만 그 담력만큼은 누구에게도 못 비길 정도입니다. 오영신 회장이 두 눈을 부릅뜨고 보는 앞에서 대오의 치부를 적나라하게 들춰야 하는 문제이니 말입니다."

"자네가 생각하기엔 어때, 김대남 대표 말이야."

"지금으로선 경제 위기를 잡을 수 있는 가장 강력한 용병입니다. 각하. 장차 큰 인물이 될 것입니다."

민정수석의 평가에 대통령 또한 짧게 고개를 끄덕여 보였다. 틀린 말은 아니었기 때문이다.

만약 대남처럼 신랄하게 작금의 대한민국을 평가해 줄 수 있는 인물이 없었더라면 진창에 빠진 것처럼 더욱 헤어 나오지 못했을 터였다. 대통령은 안도의 한숨을 내쉬는 한편, 마음 한구석이 답답해졌다.

"오 회장 측에서 청와대로 접촉을 해오지는 않던가?"

"각하, 그것이 의문입니다. 오 회장 측에서 접근을 할 만도 하건만 아직까지는 묵묵부답의 자세를 취하고 있습니다. 오히려 황정세 비서실장이 안달이 난 상태입니다. 하지만 지켜보는 눈이 많으니 선뜻 움직일 수도 없을 것입니다."

"대오에서 이처럼 잠잠하다니, 역시 김대남 대표의 생각대로 되어가고 있군…… 그나저나 황정세……."

대통령이 나지막이 비서실장의 이름을 중얼거렸다. 그의 얼굴에는 수만 가지 고민이 스쳐 지나가는 듯했다.

정치 외길을 걸으며 국회의원 초선 시절부터 저의 옆을 보좌하던 인물이 바로 작금의 비서실장, 황정세였다.

"세월이 지나면 처음에 허여멀겋던 도화지도 변색되게 마련이지만, 정세 이놈은 너무 빨랐어."

함께 군사정권에 맞서 민주화 항쟁의 선두권으로 나섰던 인물이었다. 하지만 금수강산이 변하고, 정권이 변하니 황정세 또한 변할 수밖에 없었다. 권력이라는 달콤한 맛에 심취해 버린 것이다.

대통령은 갑자기 입맛이 텁텁한지 물잔을 들어 입을 축였다.

"측근을 잘 다스리지 못하고, 사람을 제대로 헤아리지 못한 내 안목이 문제인 것이겠지."

대통령의 목소리는 회한에 잠겨 있었다. 그 모습에 민정수석이 고개를 저어 보이며 말했다.

"각하께선 나라를 부국강병하게 만들고자 하는 일념밖에 없으시지 않으셨습니까. 자책하실 일이 아니십니다. 이는 앞선 정권들의 부정이 쌓이고 쌓여 저희 대에 터진 것, 그뿐입니다."

"부정이 쌓였다고 한들, 문민정부의 초석을 이룬 우리는 그것들을 전부 해소시켰어야 해. 국민들의 부응과 기대심리가 그러했으니 말이야. OECD 가입에 열을 올리고 세계화로의 집착이 결국 이런 결과를 만들어냈군. 외실이 중요한 게 아니라 내실을 다졌어야 했는데 말이지. 너무나도 안일하게 생각했어."

"각하, 아직 끝난 것이 아닙니다."

민정수석의 격려에 대통령이 천천히 고개를 끄덕이며 말했다.

"그래, 여명이 밝아오기 전이 가장 어두운 법이니."

대남은 자신에게로 쏠린 기자들의 시선을 묵묵히 받아내고 있었다. 비단 기자들만 인산인해를 이루고 있는 것은 아니었다. 대오그룹 본사 직원들마저도 눈치를 살피며 대남의 입에서 어떠한 말이 나올까 긴장된 모습이었다.

오영신은 두 눈을 부릅뜬 채 대남을 노려보고 있었다. 폭풍 전야의 긴장감이 장내에 짙게 깔린 가운데, 대남이 서서히 입을 열었다.

"대오그룹의 감사 결과를 말씀드리겠습니다. 과정을 말하기에 앞서 결과부터 말씀드리자면 대오그룹에는 치명적인 분식 회계가 존재합니다."

"……!"

"그게 무슨 말이야!"

단도직입적인 대남의 발언으로 인해 기자들이 놀라움을 감추지 못했고, 멀찍이서 그 광경을 지켜보던 오영신이 노성을 터뜨렸다.

모두의 시선이 일제히 대남에게서 오영신에게로 향했다. 수많은 사람의 이목에도 오영신은 화를 멈출 기세를 보이지 않았다.

"오영신 회장께선 끝까지 들어보시면 좋겠습니다."

대남의 제지에 오영신이 말을 멈췄지만 그래도 머리끝까지 치솟은 화는 식을 기미를 보이지 않는 듯했다.

재계 서열 1위 회장의 노기에 직원들은 물론이고 취재를 위해 왔던 기자들마저도 살얼음판을 걷는 듯 조심해야만 했다. 그 누구도 질문을 선뜻 던지는 이는 없었다.

"저는 분명 일전의 기자회견을 통해 대오그룹이 매출원가, 외환차손, 지급이자 등의 수십 개에 달하는 회계 계정을 자유자재로 과소, 과대평가했다고 말했습니다. 하지만 심증만이 있을 뿐 물증이 없었지요. 감사를 시작한 지 일주일이 흐른 뒤에도 물증을 찾기란 요원했습니다."

대남의 말에 오영신을 비롯한 대오그룹의 직원들이 안도의 한숨을 내쉬는 한편, 기자들은 이해가 되지 않는 듯한 표정이었다.

"김대남 대표, 종전에는 분명 대오그룹에는 치명적인 분식회계가 존재한다고 하지 않았습니까?!"

용기 있는 기자 한 명이 목소리를 높여 대남에게 질문을 던졌다. 말의 앞뒤가 맞지 않았기 때문이다. 기자의 질문으로 인해 대오 직원들의 표정 또한 시시각각으로 변해갔다.

대남은 기자의 물음에 천천히 고개를 끄덕이며 말했다.

"금융감독원의 인재들조차도 대오그룹의 재무구조를 정확

하게 살피는 데 시일이 꽤나 걸렸습니다. 분식 여부를 파악하기에는 회계구성 자체가 얇은 옷을 두껍게 껴입은 것처럼 속살이 안 보일 정도였죠. 일반적인 방법으로는 도저히 그 속내를 살피기 힘들 정도로요. 그렇기에 저희는 생각을 달리 해보기로 했습니다."

"……?"

"먼저 해답을 말하기에 앞서 여러분이 생각하시기에 대오그룹의 분식회계는 과연 누구의 머리에서부터 시작되었을 것 같습니까?"

대남의 말뜻을 이해하지 못한 기자들의 얼굴에는 아직도 의아함이 가득했다. 하지만 오영신 회장은 달랐다. 그의 얼굴은 예상치 못한 대남의 발언으로 인해 점차 뒤틀리고 있었다. 대남의 이어지는 뒷말은 기자들마저도 경악케 만들었다.

"물어볼 것도 없이 바로 오영신 회장이겠지요."

"……!"

"하지만 대오그룹은 수만 명의 사원이 속해 있으며 이십여 개의 계열사를 거느린 대한민국에서는 넘볼 수 없는 초대형 기업입니다. 이러한 거대한 기업체의 회계를 개인이 진두지휘하며 조작하기에는 그 누구라도 불가능할 것입니다."

꿀꺽-

모두가 긴장되는지 목울대가 동시에 출렁였다. 대남은 모두의 시선을 받아내며 담담히 말을 이었다.

"옷을 두껍게 껴입은 대오의 속내를 들춰내기엔 저희들로서는 많은 시일이 필요합니다, 그래서 스스로가 옷을 벗게 만들자고 생각했습니다."

"그게 무슨……?"

"대오그룹의 분식회계에 관해 주요 정보를 지닌 내부 고발자를 포섭했다는 말이지요."

"……!"

장내가 요동치듯 술렁였다. 오영신은 대남의 말에 믿기지 않는 듯 미간을 좁혔다.

감히 무소불위의 권력을 가진 자신이 건재한데, 그 누가 반기를 들 수가 있단 말인가.

담록이 무너지고 대오공화국이라 불렸던 대한민국이다. 하지만 단상 위로 뒤이어 나타난 인물에 오영신의 눈매가 찢어질 듯 커졌다.

"너…… 너어!"

예상치 못한 인물의 등장에 대오의 직원은 물론이고 기자들마저도 충격을 머금은 모습이었다.

대남은 그러한 반응을 예상했다는 듯 옅은 미소를 지어 보이며 내부 고발자를 소개했다.

"대오그룹 오영신 회장의 비서, 김진철 씨입니다."

[대오그룹 내부 고발자의 등장, 총괄비서 김진철 씨 양심 고백!]

[총괄비서日 대오는 오영신 회장의 과한 욕심이 부른 결정체.]

[내부 고발의 충격으로 휩싸인 대오그룹, 직원들 규탄의 목소리 커져!]

대오그룹의 내부 고발자가 나온 과정은 복잡해 보였지만 의외로 그 실상은 단순했다. 회장의 비서를 전담하던 김진철이 그간 분식회계에 관한 자료를 정리하면서 더 이상 대오에 가망이 없다고 판단했기 때문이다.

침몰하는 난파선에 몸을 실었다간, 대오가 살아난다고 한들 되려 오영신에게 토사구팽을 당할 확률이 높았다.

"인생사 새옹지마라."

순성그룹의 전 회장 서인숙은 무수히 쏟아져 나온 기사들을 보며 혼잣말을 내뱉었다.

서인숙은 순성그룹의 계열사를 매각하는 한편 기업체를 대남에게 양도하기 위해 박차를 가하고 있었다.

자신이 평생 쌓아 올린 순성이었지만 대남에게 양도한다는 것 자체가 싫지는 않았다. 오히려 노회한 자신을 뒤로하고 새로운 심장을 얻게 될 거란 생각에 두근거리기까지 했다.

"그래, 이 별호가 그에겐 딱 어울리는군."

서인숙은 또 다른 신문사의 기사를 보며 흡족한 듯 고개를 끄덕였다. 그녀의 시선이 닿은 곳엔 대남의 이름이 큼지막하게 쓰여 있었다.

[황금의 혜안, 김대남. 대오의 비리를 꿰뚫다.]

- 6장 -
밀레니엄 심포니

-안녕하십니까, KBC 9시 뉴스의 앵커 김석진입니다. 금일은 조금 무거운 소식으로 시작해야 할 것 같습니다. 한영그룹이 부도 처리가 된 지 채 석 달이 지나지 않은 시점에서 재계 1위라 불리는 대오그룹의 분식회계가 낱낱이 세상 밖으로 드러났습니다.

사람들은 앵커의 입에서 시선을 뗄 수가 없었다. 인기 연속극의 재림처럼 뉴스 방영 시간에는 길거리에 개미 한 마리 돌아다니지 않았다. 급변하는 대한민국의 경세의 소용돌이 속에서 국민들은 애간장이 타들어 갔다.

-내부 고발자의 폭로와 더불어 청와대 감사팀의 주도면밀한

감사로 인해 분식회계에 대한 전말이 드러난 금액은 총 21조 원으로 주식회사 대오를 필두로 대오의 주요 계열사들이 분담하여 분식회계를 자행한 것으로 파악되고 있습니다.

"허."

상상치 못한 금액에 대한민국 전역이 탄식을 내뱉는 듯했다. 대오그룹의 분식회계가 사실로 드러난 와중에도 이만한 거액일 줄은 아무도 상상 못 했기 때문이다.

보도를 하고 있는 앵커의 이마에도 굵은 구슬땀이 맺혀 흘렀다.

-또한 내부 고발자의 주장에 따르면 대오그룹의 오영신 회장이 해외사업 부분의 이익 다수를 횡령한 혐의가 있다고 합니다. 이에 관해서 검찰 측의 조속한 수사가 착수되었음을 알립니다.

"이런 육시랄!"

낡은 TV를 보고 있던 노인이 성을 냈다. 대오그룹은 오영신 회장이 노년의 나이에도 불구하고 경영 일선에 나서 정직과 신념을 부르짖던 곳이었다. 다른 재벌 기업과 다르게 깨끗한 기업이라 생각되었던 대오의 반전에 국민들의 분노는 하늘을 찌를 듯했다.

"이게 말이나 되냐고, 대오가 어떻게 이럴 수가 있어."

"한영이나 대오가 그 나물에 그 밥이었구먼. 에라이, 이런 비벼 먹을 자식들 같으니라고. 정부에서는 뭐 하는 거여, 저런 놈들 안 잡아가고!"

"김씨, 진정해. 정부에서도 생각이 있겠지. 그래도 이번에 김 대남 그 친구 아니었으면 세상에 밝히지도 못했을 일이야."

"그건 그래도 저런 괘씸한 놈들이 다 힘든 마당에 눈깔에 힘주고 돌아 댕긴다는 게. 어휴."

술집, 음식점을 가리지 않고 TV에서는 뉴스를 송출하고 있었다. 브라운관에서 흘러나오는 기가 막힌 전말에 국민들의 성토하는 목소리는 점차 커져만 갔다.

분위기가 과열 양상을 띠고 있을 무렵, 앵커가 짐짓 뜸을 들이고는 말했다.

-국민들 모두가 대오그룹 오영신 회장의 귀추를 주목하고 있을 것이라 생각됩니다만 조속한 해결을 위해 국민 여러분께서 조금 지켜봐 주시면 감사하겠습니다.

앵커는 생방송 중임에도 계속해서 흘러내리는 땀을 옷소매로 급히 훔치고는 말을 이었다.

-곧 청와대 측에서 공식적인 발표가 있을 예정입니다. 현장에 나가 있는 이영석 리포터 만나보겠습니다. 이영석 리포터, 나와 주십시오.

청와대는 비장함이 짙게 깔리고 있었다. 청와대 측에서 입장을 발표한다는 말에 기자들도 부리나케 달려왔지만 이전처럼 소란스럽지는 못했다.

대통령이 자리하는 곳답게 사방을 옥죄는 압박감이 기자들의 전신을 훑고 있었기 때문이다.

끼리릭-

그 순간 회견장의 문이 열리고, 청와대 대변인의 등장에 긴장감이 더욱 고조되었다.

각종 지상파 뉴스에 동시 송출하다 보니 방송국 카메라 또한 여러 대가 설치되어 있었다. 대변인의 걸음에 따라 카메라의 시선도 옮겨졌다.

"안녕하십니까, 국민 여러분. 청와대 대변인 김호재입니다. 금일 뉴스로 보도되었던 대오그룹의 분식회계와 관련한 청와대의 현재 입장을 발표하겠습니다."

꿀꺽-

대오그룹의 분식회계가 사실로 드러난 가운데, 청와대에서 어떠한 입장을 취할지 모두가 긴장된 표정으로 바라봤다.

그 순간, 대변인은 인이어를 통해 무언가를 전해 듣고는 화들짝 놀란 표정을 지어 보였다.

"잠, 잠깐만 기다려 주십시오."

대변인의 얼굴에는 놀란 기색이 가득했다. 과연 인이어에서 어떠한 전달이 내려졌기에 저리 당황하는 것일까, 기자들이 의아함을 머금었을 무렵 회견장의 문이 또다시 열리고 대변인이 급히 말했다.

"모두 주목해 주십시오, 대오그룹 분식회계와 관련한 청와대 입장 발표는 대통령께서 직접 하시겠습니다."

"……!"

대변인의 말이 끝남과 동시에 모습을 드러낸 대통령의 모습에 모두가 자리에서 벌떡 일어났다. 대통령은 손을 들어 괜찮다는 뜻을 전했고 그제야 기자들이 얼떨떨한 표정으로 제자리에 앉을 수가 있었다.

단상 위에 올라선 대통령은 대변인의 바통을 받고 자리를 바꿔 섰다.

"먼저 국민 여러분께 죄송하다는 말씀부터 드리겠습니다."

대통령은 나지막이 말을 하고 수 대의 방송국 카메라가 지켜보고 있는 가운데, 허리 깊숙이 고개를 숙여 보였다.

그 모습에 기자들이 입을 쩌억 하고 벌렸다. 군사정권 시대가 지나가긴 했지만 그래도 정권의 힘이 막강한 시대였다. 평소 자신을 희화화시켜도 화를 내지 않는 융통성 있는 대통령이었지만 이런 모습은 아직 기자들에겐 충격적이었다.

"대오그룹의 분식회계로 인해 많은 분이 심적 고통을 느꼈으리라 짐작됩니다. 무능한 대통령이어서 죄송합니다. 수신제가 치국평천하라, 지도자의 자리에 앉아 나라 내실을 쌓아 올렸어야 하는 법이거늘 오히려 적폐세력을 만들어버린 것 같아 입이 열 개라도 할 말이 없습니다."

대통령의 저자세에 기자들은 당황하기 일쑤였다. 대통령은 깊숙이 숙였던 고개를 들어 보이고는 카메라를 직시했다.

그의 눈동자는 카메라 너머의 국민들을 향하고 있으리라, 그는 그 어느 때보다도 진실되게 말했다.

"대오그룹의 분식회계는 정황상 헌정 이래 사상 최대의 금액입니다. 저희 정부는 이번 사태의 처사를 엄중히 물을 것입니다. 대오그룹의 오영신 회장은 국민들에게 많은 누를 끼쳤음은 물론이고 사회적으로 투명한 기업을 운영하겠다 슬로건을 내걸었지만 실상은 아니었습니다. 족벌 경영이라는 이름 앞에 오너 일가가 횡령한 금액은 어떻게 해서든 몰수를 하겠습니다."

"······!"

파격적인 발언이 아닐 수 없었다.

시대를 막론하고 성장 위주의 국가에서 정권은 기업 친화적인 정책을 펼쳐야 했다. 그 탓에 족벌 경영이 생기고, 재벌들이 우후죽순처럼 생겨났지만 정권은 방관했으며 오히려 독려하는 자세를 취했었다.

이번에도 오영신 회장에 대해 솜방망이 처벌이 내려질 것이라 짐작했던 사람들의 눈과 귀를 의심케 하는 대통령의 발언이었다. 하지만 거기서 끝이 아니었다. 대통령은 짐짓 뜸을 들이더니 이내 결심한 듯 말했다.

"또한 정경유착, 정·재계에 만연해 있는 연결고리를 끊음은 물론이고 대오그룹과 관련이 있는 고위직 관료들 또한 이 엄벌을 피해가지는 못할 것입니다."

'정경유착'이라는 단어가 대통령의 입에서 흘러나오자 기자들이 경악을 머금었다.

개중 제정신을 차린 기자가 저도 모르게 손을 들었다. 평소와 같았으면 제지당했을 행동이지만 대통령은 인자한 미소를 지어 보이며 고개를 끄덕였다.

"한경일보 기자 서남일입니다. 방금 대통령님께서 말씀하시길 고위직 관료 또한 정경유착에 가담했다고 말씀하셨는데 혹이 자리에서 실명을 거론해 주실 수 있으십니까······?"

"······!"

청와대 기자회견에 참석한 기자들은 질문을 가한 기자에게로 경악 어린 시선을 일제히 쏘아 보냈다. 질문도 질문 나름이지, 어떻게 그런 질문을 하느냐는 것이다. 대변인이 눈치를 살피며 나서려는 순간, 대통령이 손을 들어 제지했다.

"암, 뿌리를 뽑으려면 이 자리에서 밝히는 것도 나쁘지 않겠지요."

한 번 뽑은 칼을 제대로 보여줄 작정인지, 대통령은 담담한 목소리로 말했다.

"대통령 비서실장, 황정세입니다."

툭-

기자들의 머릿속에서 놀라움을 넘어선 무언가가 터지는 소리가 생생히 들려왔다.

몇몇 이들은 아직도 대통령의 말이 이해가 되지 않는지 금붕어처럼 눈을 뻐끔뻐끔 떴고, 대다수의 이들이 빙하기에 갇힌 것처럼 얼어붙었다.

대통령 비서실장이라 함은, 정권의 제2인자라 불러도 좋은 인물이다. 어떻게 보면 민정수석의 위에서 사법권, 행정권을 가리지 않고 인사권을 행사할 수 있는 인물이기에 총리보다도 높게 평가되는 자리다.

그런 자리에 있는 자가 대오와 유착 관계였다는 사실에 모두가 눈을 부릅떴다.

"마지막으로 대통령이 아닌 이 나라의 국민으로서 한 사람에게 감사하다는 말을 올리고 싶군요. 그 사람이 아니었더라면 작금의 대한민국은 경제 위기를 타파하지 못했을 것입니다. 아직도 위기에서 완전히 물러난 것은 아닙니다. 외형을 키우는 것을 멈추고 내실을 다질 때입니다. 곧바로 회복할 순 없어도, 점진적으로 나라를 다시 부국강병 시키겠습니다. 이 모든 혜안을 밝히게 해준……."

대통령은 다시 한번 정면 카메라를 향해 깊숙이 고개 숙이며 말했다. 대통령이 이번엔 국민이 아닌 한 명의 사람을 향해 고개 숙였다는 사실을 그 누구도 모르지 않았다.

"황금양의 김대남 대표에게 진심으로 감사하다는 말을 전합니다."

야욕과 욕망에 휩싸인 이의 말년은 하나같이 닮아 있었다. 한건화 회장이 심신미약 등의 상태를 내세우며 법정 출석을 연기하다 결국 구속되었듯, 오영신 회장 또한 몸져누워 심신미약을 주장하며 검찰 출석 자체를 응하지 않았다.

하지만 국민들의 분노와 대통령의 엄단이 내려지자 더 이상의 배짱은 있을 수가 없었다.

-내가 누군 줄 알아!

환자복을 입은 오영신이 검찰에서 나온 인력에 강제로 출석을 당할 위기에 처하자, 고래고래 소리를 지르는 모습이 적나라하게 송출되었다. 평소와 같았으면 대오그룹의 위상에 쩔쩔맸을 검찰도 이번에는 가차 없었다.

재계의 거성들이 하나둘 무너져 가는 가운데, 또 다른 쪽에선 새로운 별이 떠오르고 있었다.

대남의 집안은 잔칫집을 방불케 할 정도로 전화기가 끊임없이 울려댔다. 어머니와 아버지는 번갈아 가며 수화기를 받아 들고는 덕담과 축하 인사를 받아야만 했다. 친척들을 포함해 지인들까지 전부 대남을 칭찬하는 사람들의 목소리로 줄이어졌다.

아버지는 입꼬리가 귀에 걸렸다. 어머니 또한 마찬가지였다. 아들이 험한 일을 하고 다니는 것 같아 마음을 졸였던 부모님도 대통령이 직접 생방송에서 대남을 언급하며 고개 숙이는 모습에 놀랐고, 한편으론 한시름 놓을 수 있었다.

과거 군부정권의 탄압을 겪었던 부모님이기에 정권이 가지는 힘이 얼마나 대단한지 알고 있다. 대통령이 일개 개인에게 고개를 숙인다는 것은 꿈에서조차 상상하기 힘든 일이었다.

"대남아. 네가 보배다, 보배. 금양출판으로도 사업 문의가 쏟아지고 있구나, 대남이 네가 아들이라면 믿을 만한 곳이라고 말이다. 적절하게 금양출판에 도움이 될 만한 곳들만 추려내고 있지만 하루가 멀다고 이렇게 많이 문의가 오니 정신이 없구나, 없어."

아직 경제가 완전히 회복된 것은 아니었지만, 사람들은 더 이상 좌절하고 있지 않았다.

대통령이 앞장서 비리를 뿌리 뽑겠다고 공언했고 대남의 조속한 조치 덕분에 실질적으로 부도 처리가 된 기업들조차도 워크아웃 구제를 받았다.

이전보다 힘들어졌지만 사람들의 마음 한 곳에선 다시 일어설 수 있다는 희망이 싹트고 있었다.

"황금양도 마찬가지예요. 아버지. 너무 속내가 비치는 기업들의 일거리는 받지 마세요, 제 말 무슨 뜻인지 아시죠?"

"알다마다, 그나저나 순성그룹은 어떻게 되는 거냐?"

아버지의 얼굴에는 의문이 가득했다. 현재 대중들의 주요 관심사 중 하나가 바로 대남의 거취였다.

순성그룹을 양도받기로 생방송 중 발표를 했지만 그 시기와 대남이 어떠한 직책을 받게 되는지에 관해선 의견이 분분했기 때문이다. 대통령 또한 그 능력을 인정한 바이나, 다만 나이가 너무나도 젊어 생기는 문제였다.

대남은 아버지의 의문을 해소시켜 주듯 나직이 말했다.

"이제 김대남 대표가 아니라……."

꿀꺽-

이어지는 뒷말을 기대하며 아버지가 침을 삼켰다.

"회장으로 올라설 겁니다. 김대남 회. 장."

"……!"

동이 터왔다.

며칠 전까지만 하더라도 실의에 잠겨 얼굴에 그늘이 가득했던 사람들은 하나둘씩 활기를 되찾기 시작했다.

정부가 안일하고 무관심한 상태로 계속해서 대한민국의 경제를 방치했더라면 다시는 돌아올 수 없는 나락에 빠졌을 터였다. 하지만 상황이 변했다. 대남이라는 선지자의 등장으로 인해 정부는 경제 위기에서 벗어날 방안을 찾는 데 전력을 다했다. 또한 대통령이 직접 나서 재벌과 정경유착을 맺은 고위직 관료를 엄벌하는 모습에 사람들은 환희했고, 다시 희망을 되찾기 시작했다.

"장씨, 합판 단가 또 올랐어?"

가구공장을 운영하는 김씨는 매주 다가오는 월요일마다 목재를 대량 매입한다. 대기업의 연이은 부도가 터지기 이전부터 올라갔던 합판 가격이 또 올라가자 그의 이맛살이 찌푸려졌다.

"김 사장, 왜 이리 성급한 거여. 요 한 달 치 조정표 쫘악 펴 놓고 제대로 봐."

목재 중개상 장씨는 평소와 같았으면 '다음 주에 가격이 더 오를지도 모른다'며 목재를 팔았을 테지만 오늘만큼은 달랐다.

김씨는 장씨의 말대로 한 달 치의 시세 조정표를 펼쳐놓고 눈을 가늘게 떴다. 하지만 김씨가 모르겠다는 듯 고개를 갸웃거리자 장씨가 시세 조정표를 뺏어 들고는 말했다.

"이 양반아, 허구헌 날 가구밖에 만들 줄 모르니까 그러는 거 아니여. 시세표를 제대로 보면 계속해서 합판 단가가 올라가긴 했지만 요 한 달 새 올라가는 비율이 줄어들었어. 뉴스 좀 보고 살어, 지금 대통령도 경제 쫘악 잡겠다고 말하니께. 그리고 우리나라엔 그 사람이 있잖어."

"도대체 무슨 말이여?"

"어휴, 빠른 시일 내에 시세가 내려갈 거라고. 환율이 안정되고 있으니께 정 급한 물량 아니면 일단 매입하지 말고 기다려 봐."

장씨의 말에 김씨가 눈을 번뜩였다. 평소와 같았으면 목재 가격이 변동하는 것 가지고 무얼 호들갑이냐며 배짱을 놓았을 중개상의 달라진 태도에 놀란 것이었다. 또한 가격이 내려갈 수 있다는 말은 김씨의 귀를 의심케 했다.

"장씨, 정말 가격이 내려간다고?"

그렇지 않아도 몇 달 동안 합판 가격이 하루도 쉬지 않고 올라 골머리를 썩이고 있던 김씨였다. 환율의 직접적인 영향을 받는 목재 탓에 그간 마음고생이 이만저만이 아니었던 것이다. 그의 물음에 장씨가 짐짓 뜸을 들이더니 고개를 끄덕였다.

"다 같이 힘든 시기에 내가 뭘 거짓말을 하겠어, 상황적으로 보면 더 이상 올라가지는 않을 것 같아. 설마하니 시세가 더 올라도 목재 중개상들이 다 같이 매입 안 하겠다고 했으니 괜찮을 거여. 일단 많이 쟁겨놨으니 걱정하지 말고, 우리가 계속 손해 봐가면서 양놈들 배 불려줄 수는 없잖어."

평소와 다른 장씨의 태도에 김씨는 한시름 마음을 놓았다. 연초를 말아 물려던 김씨가 잠시 멈칫했다. 돌이켜보면 장씨는 매번 정치권을 신뢰하지 않았던 모습을 자주 비췄기 때문이다. 장씨의 달라진 성향에 김씨가 의아하게 물었다.

"근데 장씨, 도대체 누굴 보고 마음을 놓은 거여? 대통령?"

"대통령도 대통령이지만은, 그 사람이 아니었으면 불가능했을 것이여."

"누구……?"

평소 언론과 담을 쌓은 김씨의 머리 위로 의문이 피어올랐다. 그 모습에 장씨가 '신문 좀 보고 살라'는 타박과 함께 단호히 말했다.

"김대남이!"

순성그룹의 회장실에서 서인숙과 대남은 마주하고 앉아 있었다.

서인숙은 자신의 회장 명패를 어루만지며 말했다.

"이 자리까지 올라오는 데 수십 년이 걸렸는데 내려가는 데는 채 한 달이 걸리지 않는군."

인생사 공수래공수거라 하지만 자신의 젊은 날이 빼곡히 수놓아져 있는 곳을 떠나려니 마음이 착잡한 게 당연했다.

"하지만 후회하기엔 이미 늦었지."

펄 속에 잠겨 있던 발을 빼내듯 그녀는 홀가분해 보이는 모습이었다. 이전처럼 화려하고 세련된 모습은 아니었지만 그녀는 지금 자신의 모습에도 미소를 잃지 않았다. 서인숙은 대남을 바라보며 말했다.

"국민들의 원조를 정말로 받을 수 있을지는 상상도 하지 못

했어. 한 번씩 보다 보면 말이야, 자네가 나보다 더 오랜 세월을 살아온 것 같아. 수십 년을 대한민국 땅 위에서 살아왔지만 정작 이 나라가 어떠한 곳인지 그동안 몰랐으니."

"국민들의 저력이 강한 나라입니다, 대한민국은 말이지요. 하지만 서인숙 회장님의 결단이 아니었다면 여기까지 오지 못했을 것입니다. 경영권을 스스로 내려놓는 일은 아무나 할 수 있는 것은 아니니까요."

대남은 서인숙의 결단을 높이 샀다. 재벌가를 이룩한 그녀의 입장에서 순성그룹의 경영권을 포기한다는 것은 모든 것을 내려놓는다는 것과 동일 선상에 두어야 했기 때문이다.

"대오그룹과 한영을 보십시오. 그들은 끝까지 기업을 손아귀에 쥔 채 내놓으려 하지 않았습니다. 이로 인해 결국 자멸을 하고 말았지요. 정당한 나라에선 뻔히 보이는 결과였지만, 그들은 짐작 못 했을 것입니다. 여태껏 저들이 쌓아 올린 정경유착이라는 성이 모래성임을 모르고 물욕에 사로잡혀 아집을 부렸으니 말이죠."

"친구들의 말로가 좋지 않으니 나도 마음이 편치는 않아, 그나저나 앞으로 순성을 어떻게 운영할 생각인가?"

"순성이 비록 계열사를 대거 매각했다고는 하나 아직도 방대한 크기인 건 다름없습니다. 점진적으로 과거의 영광을 되찾을 수 있도록 노력해야겠지요. 머지않아 과거보다 한 층 더 성장한 순성을 보실 수 있을 겁니다."

"신기해, 자네의 말은 믿음이 가니 말이야."

서인숙은 눈앞의 대남이 정말로 신묘하게 느껴졌다. 순성그룹의 자금난이 확정되고 부도 처리되기 직전 나타난 대남이 믿기지 않는 제의를 자신에게 해왔었다.

당시에는 대남이 정말 순성을 소생시킬 수 있을까 긴가민가했지만 시간이 흐를수록 의심은 믿음이 되어가고 있었다.

서인숙의 역사에서 이리도 강렬하게 인상을 남긴 사람이 존재할까, 그녀는 고개를 절레절레 흔들어 보였다.

"젊었을 적 한 점쟁이가 그랬지, 난 사주팔자가 순탄치 않아 일평생 동안 만나는 남자들은 하나같이 속을 썩일 거라고 말이야. 그래서였는지 이혼을 세 번이나 하고 머리가 세고 눈썹 위로 눈이 쌓일 나이가 되어도 의지할 사람이 없었어. 하지만 슬프다거나 적적하진 않았어. 내가 원하던 부를 얻었으니 말이야. 근데 그 점쟁이가 나에게 마지막으로 뭐라고 말했는지 알아?"

대남이 고개를 갸우뚱해 보이자 그녀가 다시 말을 이었다.

"내 인생의 말년에 한 명의 남자를 만날 거라고, 인생의 변곡점에서 나에게 크나큰 복을 가져다줄 사람이라 했어. 난 또 말년에 새서방이라도 얻는 줄 알고 새삼 기대했었는데, 이제 보니 자네가 그 귀인이 아닌가 싶어."

서인숙은 방금까지 어루만지던 자신의 명패를 들었다. 회장이라는 직함보다 순성그룹을 이까지 성장시킨 자신에게 주는 상장과도 같은 물건이었다. 시대가 변하고 있음을 그녀는 직감적으로 알 수 있었다.

"과거의 영광은 뒤로하고, 앞으로가 중요한 것이겠지."

서인숙은 명패를 대남에게 건네며 나직이 말했다.

"순성의 미래를 부탁하네."

[순성그룹 새로운 회장, 김대남!]
[떠오르는 재계의 별, 김대남 회장!]
[대한민국의 위기를 막은 김대남 대표, 순성의 주인이 되다!]

경제 위기에 당면한 대한민국이 또다시 들썩였다. 이번에는 악재가 아닌 호재였다. 자금난의 위기에서 기사회생한 순성그룹의 주인이 바뀌었다는 소식이었다.

생방송 기자회견으로 인해 대남이 순성그룹을 양도받는다는 소식은 사실시 되었지만 전문가들 사이에선 대남이 회장직이 아닌 임원직으로 시작할 거라는 말들이 많았다. 하지만 모두의 예상을 깨고, 대남은 순성그룹의 새로운 주인으로 우뚝

섰다.

많은 사람의 관심이 쏠려 있다 보니 대남의 취임식은 시기와 맞물려 세기말의 대축제를 방불케 했다. 하지만 순성그룹 직원들의 얼굴에는 아직도 불안함이 가시지 않았다. 다행히 부도는 막았지만 사주(社主)가 바뀌는 것인 만큼 저들의 앞날이 어떻게 될지 분간이 안 되었기 때문이다.

"서 회장도 물러났고, 이러다 우리도 싹 다 물갈이되는 거 아니야?"

"안 그러기를 바라야지."

"김 팀장, 조금 침착하게 생각해."

사원들은 애써 불안함을 떨치기 위해 저마다 가지고 있는 불안한 속내를 밖으로 꺼내지 않기 위해 노력했다. 순성그룹 회장직 이취임식은 전국에서 모여든 기자들로 인해 그 어느 때보다 인원이 많았다.

국가행사에 걸맞을 정도로 장대한 인원 탓에 이취임식이 이뤄지는 대연회장 안은 웅장한 분위기가 펼쳐지고 있었다.

"서인숙 회장님과 김대남 대표 입장하십니다."

마이크 앞에 선 사회자의 멘트를 시작으로 이취임식의 막이 올랐다.

기자들의 예상과 다르게 서인숙의 낯빛은 밝았다. 몇 주 전 병원에서 보았던 그때의 거무죽죽한 모습이 아니었다. 서인숙의 옆으로는 대남이 함께 걸음을 옮기고 있었다. 신구의 만남을 기자들은 카메라로 담아내기에 바빴다.

단상 위에 올라선 두 사람 중 먼저 마이크 앞에서 말문을 연 것은 바로 서인숙이었다.

"반갑습니다. 여러분, 순성그룹의 서인숙입니다. 오늘같이 뜻 깊은 날에 이렇게 많은 인원께서 자리해 주셔서 정말 감사드립니다. 또한 그동안 저를 믿고 끝까지 함께해 주었던 순성의 가족 여러분에게 미안하고 고마웠다는 말을 전하고 싶습니다."

서인숙이 깊숙이 고개를 숙이니 사람들은 저마다 마음속이 뭉클한 것을 느꼈다.

한때는 자금난에 시달려 부도 위기까지 닥치자 오너 일가를 비난했던 이들이 주류를 이루었다. 하지만 순성을 위해 여타 재벌들과 다른 길을 결정한 서인숙에게 사람들은 박수갈채를 보내었다.

짝짝짝-

박수 소리가 가중될수록 서인숙의 눈시울도 붉어졌다. 서인숙은 애써 눈물을 참으며 자신의 일생을 바쳤던 순성을 향해 또 한 번 깊숙이 고개 숙였다.

바통을 이어받은 것은 대남이었다. 대남이 앞으로 나서자 일순 고요해졌다. 기자들을 비롯한 전원이 대남의 입을 주시했다.

"안녕하십니까, 황금양의 김대남입니다. 오늘 이런 뜻깊은 자리에서 순성의 직원분들을 마주할 수 있어 영광으로 생각합니다. 순성그룹은 자금난을 맞이했고 결국 부도의 위기에 처했습니다. 하지만 국민 여러분들의 성원과 순성의 직원들이 버텨주었기에 다시 일어설 수가 있었습니다. 저는 오늘 순성의 회장직에 오릅니다. 하지만."

대남의 말 한 마디 한 마디에 모두의 귀가 기울여졌다.

"순성의 주인이라는 생각은 가지지 않습니다. 순성그룹은 유구한 역사를 지닌 기업이며 이 자리에 계시는 서인숙 회장님의 피땀이 스며 있는 곳입니다. 제가 회장직에 곧바로 오르는 것에 대해 우려를 하고 계신 분들도 있는 것으로 알고 있습니다. 회장직에 올랐다고 해서 지금 당장 여러분들을 만족시켜 줄 수는 없을 것입니다. 아직 현재의 순성은 불완전합니다."

꿀꺽-

순성의 직원들은 긴장되는지 침을 삼켰다. 자금난을 타파했다고는 해도, 구조조정이 이뤄질 수 있는 문제였기 때문이다. 전문가들조차도 순성이 위험부담을 최소한 감수하면서 다시 일어서려면 구조조정은 불가피하다는 시선이었다.

"대한민국의 경제가 휘청였습니다. 일각에선 외환 위기가 터질 거라는 예견도 있습니다. 지금 정부의 방침과 저의 혜안이 제대로 이뤄질지 모른다면서 말이지요. 순성은 그 중심에 있는 것이나 마찬가지입니다. 수많은 이의 염원이 담겨 다시 부활한 순성입니다. 여러분은 저를 믿고 따라와 주시면 됩니다."

대남은 혀끝에 힘을 실은 채 나직이 말했다.

"불완전을 완성케 하는 것은 회장인 저의 몫이니까요."

노스트라다무스의 종말론이 횡행했던 97년도의 시작은 시대를 막론하고 어떠한 한파보다 사람들의 뼛속을 시리게 했다. 누군가는 대한민국의 위기는 쉽게 사그라들지 않을 거라 말하기도 했다. 대기업들의 연이은 부도와 재계와 정계의 유착이 여실히 드러났기 때문이다. 또한 하락장에 접어든 기세를 작금의 정부가 다시 곧추세우기란 요원하다는 평가였다. 하지만 분위기는 급반전했다.

-위험 요소에 해당되는 기업들은 워크아웃 조치를 함과 동시에 적극적인 수출 드라이브 정책을 펼치도록 하겠습니다.

문민정부의 초석을 다진 작금의 정부는 정권이 교체되는 시기임에도 불구하고 피땀 흘려 일했다. 정부의 적극적인 정책을 바탕으로.

-IMF 측에선 대한민국의 경제 위기는, 여타 동아시아 국가의 외환 위기와는 궤가 다르다고 평가했습니다. 그 이면에는 정부의 적극적인 자세와 국민들의 저력, 그리고 김대남이라는 젊은 인재의 혜안을 높게 평가한 것으로 보고 있습니다.

국제금융기구 IMF는 총재가 직접 나서 대한민국의 외환 위기가 닥칠 거라 예상했던 당초의 국가평가를 접고, 20세기가 지나가기 전에 대한민국이 경제 위기를 바로잡을 것이라 정정했다.

-순성그룹이 다시 부활했습니다. 김대남 회장을 맞이하는 저 긴 행렬을 보시지요.

순성그룹 부활의 신호탄을 알린 것은 회장 이취임식이었다.
대남은 젊은 나이에 어울리지 않는 농익은 혜안을 발휘하며 대한민국을 경제 위기의 수렁에서 구한 것도 모자라, 순성의 경영 방침과 사업 전망을 적극 수정하며 순성을 다시 정상궤도 위에 오르게 했다.
어느새 순성의 직원들은 저들이 가졌던 불안을 불식시키고 대남을 열렬히 지지하기에 이르렀다. 한마디로 불세출의 천재라는 별칭으로는 오히려 부족해 보이는 행보였다.

순성그룹 회장실에서 대남은 창밖의 풍경을 바라봤다. 사람들이 한없이 작아 보이고 하늘의 구름은 손을 뻗으면 닿을 것 같은 위치였다.

그간의 기억들이 파노라마처럼 머릿속에서 스쳐 지나가고 있었다. 한국대학교 법학과에 입학해 주목을 받았고 검찰 시절을 넘어 황금양, 그리고 순성에 이르기까지. 20대의 청춘을 보내는 동안 그는 대한민국이라는 나라에 많은 파급효과를 가져왔다. 외부에선 불가능이라 했던 일이었지만 해내었고 결국 현존하는 기적의 행보라 불리게 되었다.

대남은 짧았지만 깊은 인생을 돌이켜보고는 옅은 미소를 지어 보였다.

똑똑-

그 순간, 회장실 문 너머로 노크 소리가 들려왔다. 기다렸던 손님의 방문에 대남이 자리에서 일어나 문으로 걸어갔다.

"오랜만일세, 이제는 김대남 '회장님'이라고 불러야 하나?"

호탕한 미소와 함께 두꺼운 손으로 대남의 손을 마주 잡은 인물, 서울중앙지검장 이명학이었다.

대남이 순성그룹의 회장으로 취임한 뒤, 대부분의 인물들이 대남을 어려워하는 데 반해 이명학은 이전과 다름없이 대했다.

"좋을 대로 불러주시지요. 이명학 지검장님."

"지검장이라, 얼마 가지 않으면 검사복도 벗을 생각이야. 김 회장도 알다시피 이 바닥이 총장까지 갈 거 아니면 적당히 하고 내려와야 하지 않겠나, 그래야 밑의 친구들도 숨통이 좀 트이지."

"저는 지검장님이 검찰총장 자리에까지 오르실 줄 알았는데 말입니다. 야망이 있으시지 않으셨습니까."

대남은 이명학의 능력을 높게 평가했다. 특수통이라 불리며 특수부에서 종횡무진했던 그의 모습은 남다르게 다가왔었다.

대남은 어렴풋이나마 알고 있었다. 이명학은 지검장이라는 자리에 만족하지 않을 거란 사실을 말이다. 이명학 또한 그런 대남의 말에 수긍을 하는 듯 짧게 고개를 끄덕이고는 말했다.

"이전에는 그렇게 생각했지 특수통을 넘어서 검찰총장에까지 오를 수 있다면야 검사의 끝을 본 것이나 다름없으니 말이야. 하지만 자네를 보고 생각이 달라졌어. 길을 벗어난다고 해서 꿈이 사라지는 것은 아니니 말이지, 굳이 검찰총장이 아니더라도 내가 이루고 싶은 꿈은 많네. 또."

이명학은 대남의 얼굴을 뻔히 한 번 쳐다보고는 말을 이었다.

"자네 덕분에 검찰에 새로운 인물들이 많이 늘었어. 자네를 롤모델로 삼은 젊은 검사들이 늘었고, 부끄럽지만 날 롤모델로 삼은 친구들도 꽤 있더군. 또한 과거 정권의 보복을 당해 좌천당했던 검사들이 하나둘 중앙으로 모여들고 있어. 시대가 변하고 있다는 증거지. 훌륭한 선후배들이 많아지고 있으니 과거의 특수통은 이제 물러나는 것이 맞아."

대남은 이명학의 뜻을 존중해 주었다. 그 또한 검찰에서 난다 긴다 하는 인재들 속에서 꽃을 피웠던 인물이었기 때문이다.

이명학이 떠나는 것이 검찰의 입장에서야 아쉬울지라도 장기적으로 봤을 때 새로운 인물들이 많아지고 있다는 것은 분명 희소식이었다.

이명학은 회장실 내부를 한번 훑어보고는 말했다.

"솔직히 말해서 순성이 이렇게 빠른 시일 내에 다시 안정화될 줄은 상상도 못 했어. 검찰 내부에서도 말들이 많았거든, '과연 김대남 회장이 어떻게 순성을 다시 일으킬까' 하고 말이야."

"어떻게 보셨습니까."

"난 처음 자네를 마주했을 때 천상 검사의 재목이라 생각했어. 검찰에 몸담으면서 수많은 법조인을 보아왔지만 자네만큼 통쾌하고 거침없는 이는 없었으니까 말이야. 겉과 속이 다르지 않은 사람도 생애 처음 보았지. 신선한 충격이었어. 한데."

이명학은 대남을 향해 알 수 없는 미소를 지어 보이며 말했다.

"이제 와서 보니 내 판단이 틀린 걸지도 모르겠군. 황금양에 이어 순성그룹까지 이렇게 경영해 나가는 모습을 보니 자네는 어디에 있든 천재라고 불렸을 인물이었어. 나와 만난 곳이 검찰이라 내가 자네를 타의 추종을 불허하는 검사라 판단한 것일 테지. 만약 사회에서 만났더라도 그건 마찬가지였을 거야. 이제 언론의 우려도 한발 뒤로 물러났지 않은가. 오히려 자네의 경영방식을 칭찬하는 기사들이 매번 자리하던데."

"언론은 항상 사람들의 관심을 끌 만한 요소를 필요로 하니까요. 지금 같은 시대에 불안한 이야기보단 난세에 피어난 영웅담을 더 좋아하는 것 아니겠습니까. 사실 따지고 보면 틀린 것도 아니고요."

"역시 솔직해서 좋군."

대남이 아니었다면 좀 광오한 답변이 되었을 터, 경제 위기의 씨앗 속에서 드러난 대남의 모습은 영웅 그 이상으로 평가되고 있었다.

외신에서도 김대남이라는 인물에 관해 연일 취재를 할 정도니 전 세계적으로 대남에 관한 관심도가 높아지고 있는 것이나 마찬가지였다. 이명학은 짐짓 뜸을 들이고는 물었다.

"오영신 회장 이야기는 들었나."

"글쎄요, 제가 딱히 관심을 두고 있지 않아서요."

"감옥에서 자살을 시도했다고 하더군."

대남은 뜻밖의 이야기에 이명학을 바라봤다. 이명학은 씁쓸한지 마른 입술을 쓸어 보이고는 말했다.

"밖에는 알려지지 않은 이야기야, 자네도 알다시피 범털들은 감옥에서도 대우를 받지 않나. 하지만 이번은 달랐어, 정부에서 이번 사태를 일으킨 재벌 집단에게 엄벌을 내리겠다고 공표했지. 자신의 힘이 안이나 밖이나 전부 안 통하는 걸 보고 꽤나 충격을 받은 듯해. 형을 줄이려고 쇼를 했다는 이야기도 있지만 오영신의 성격상 전자에 가깝지 않겠나."

대오그룹은 경영 비리를 일으킨 오너 일가에게 철저히 단죄를 물었다. 대한민국 역사상 유례없는 재벌들을 향한 처벌이었다. 그것도 재계 서열 1위를 지키고 있었던 대오였으니 일부 서민들 또한 사회적 충격을 받았을 정도였다. 우리나라에 얼마나 기득권에 관한 인식이 뿌리 깊게 박혀 있는지 알 수 있는 대목이었다.

"슬픈 이야기라고는 할 수 없군요, 자업자득이니 말입니다."

"그렇지, 화무십일홍이라고 자신 또한 무너질 수 있다는 사실을 알고 있었어야 했는데 물욕에 눈이 멀어 미처 보지 못했던 것일 테지. 비단 오영신 회장만 해당되는 이야기는 아니야.

한영의 한건화, 그리고 현재 검찰과 금감원의 조사를 받고 있는 수 개의 기업."

대한민국은 물갈이를 하고 있다 해도 과언이 아니었다.

과거 기업 친화적이었던 정부의 모습을 벗어 던지고 대남의 조언대로, 위험 요소가 될만한 기업들을 하나둘 정리해 나가고 있는 시기였다. 이명학은 짐짓 눈을 감아 보였다.

"앞으로 기존의 재벌들이 무너져 내리고 신생들이 돋아나는 시기가 될 거야."

눈을 뜬 이명학이 대남을 향해 단언했다.

"그리고 그 시작은 바로 김대남 회장, 자네이고 말이지."

이명학은 말을 끝내며 자리에서 일어났다. 자신이 점찍어 놓았던 인물이 대성한 모습을 마주한 것에 만족한 듯한 모습이었다. 대남 또한 손목시계를 확인하고는 자리를 훌훌 털었다. 이명학은 대남을 향해 물었다.

"마음 같아선 술이라도 한잔하고 싶지만 나 말고도 김 회장을 찾는 사람들이 많겠지. 지금 같은 시국에는 더 할 테고, 오늘 선약이 있나?"

"죄송하지만 있습니다."

"날 미룰 정도면 엄청난 양반이겠군, 누군가?"

이명학의 물음에 대남은 묵묵히 고개를 끄덕이며 말했다.

"대통령님이십니다."

청와대의 불은 낮이 저물어도 꺼지지 않았다. 경제 위기를 바로잡겠다는 현 정권의 결심처럼 말이다.

대통령은 자신의 앞에 앉아 있는 대남의 손을 마주 잡으며 말했다.

"고맙네, 정말."

초승달같이 휘어져 있던 그의 눈동자에선 더 이상 예전의 기개를 찾아볼 수 없었다. 임기 말년에 닥친 경제 위기 탓에 마음고생을 심하게 한 모양이었다. 하지만 더 이상 실음에 잠겨 있지는 않았다. 기개가 사라진 대신 희망이 그 빈자리를 가득 채우고 있었다.

"반신불수라는 말이 어울리겠지, 대한민국의 상태가 그러했으니. 이제는 회장 자리에 올랐지만 사실 자네가 처음 정부를 상대로 쓴소리를 할 때만 해도 믿지 않았었네. 높은 자리에 있을수록 나무가 아니라 숲을 보아야 하는 법인데, 나이를 먹으니 오히려 근시안적인 시야를 가지게 되더군. 겁이 많아져서 그런 것이겠지."

불과 반년 전 한영그룹의 부도 사건만 생각하면 아직도 심장이 철렁이는 대통령이었다. 대남은 고개를 저어 보이며 말했다.

"최선을 다하고 계시지 않습니까, 자책하지 않으셔도 괜찮습니다."

"내 한 몸이 부서져도 좋으니 나라가 당장에 원상태로 돌아갔으면 좋겠군, 하지만 이 늙은 몸뚱이로 그만한 것을 바라는 건 욕심이겠지. 그래도 자네 같은 인재가 대한민국에 있다는 것이 다행이야. 나는 이제 머지않아 청와대를 떠나 초로의 노인으로 돌아가야겠지."

대통령은 더 이상 정치권에 미련이 없어 보였다. 자신이 일평생 동안 이루었던 민주화의 열망을 결국 이루어냈지만 말년이 좋지 않았다는 것이 그의 마음을 차갑게 식게 했다.

"현재로선 앞으로 이 나라를 이어받을 정권에 대해 미안한 마음뿐이야. 분명 김대남 회장, 자네의 혜안과 함께 앞으로 대한민국이 발전해 나간다면 분명 작금의 경제 위기는 해결되겠지만 또 그에 따른 고통을 감수해야겠지. 내게 시간이 조금만 더 남아 있었다면 결자해지를 이룰 수 있을 터였는데……."

"현재의 정부만으로 발생된 문제가 아닙니다. 과거 군부정권 시절부터 쌓여왔던 것이 지금에 이르러서야 터진 것뿐이지요. 하지만 대한민국의 경제는 다시 살아나고 있고 앞으로 나아갈 테니 염려치 않으셔도 좋습니다. 비 온 뒤에 땅이 굳는 법이지 않습니까."

"자네가 그렇게 말을 해주니 마음이 한결 놓이는군."

대통령은 대남을 깊이 신뢰하고 있었다. 자신이 민주화의 열기 속에서 자유를 부르짖을 때, 대남은 아직 학생에 불과했을 터였다. 살아온 세월의 차이가 분명함에도 대남은 그 차이를 뛰어넘는 지혜를 보여 왔다.

"순성그룹을 부양시키는 것도 자네의 꿈에 적합하겠지, 하지만 많은 사람을 이롭게 하기 위해선 기업의 회장으로서만은 부족할 거야. 자네를 향한 국민들의 신뢰도는 어떻게 보면 이미 날 뛰어넘은 지 오래네. 김대남 회장, 묻고 싶군. 앞으로 정치권에 뛰어들 생각은 없는가?"

대통령이 넌지시 대남에게 물어왔다. 옆에서 묵묵히 듣고 있던 민정수석의 눈이 커졌다.

대남은 현재 순성그룹의 회장직에 올라있다. 그런 이에게 정치권 개입을 묻는다는 것은 평범한 국회의원을 논하는 자리가 아님이 확실했기 때문이다. 대통령은 더욱 직설적이게 물었다.

"대통령이 되고 싶은 생각은 없냐는 말일세."

대통령의 물음은 대남의 가슴 깊숙이 파고들었다. 불세출의 천재라 칭송받은 대남이었지만 자신의 훗날이 어떻게 될지는 기약하지 못했다.

하지만 대통령이라는 단어는 분명 대남의 가슴을 요동케 했다. 대남은 대통령의 물음에 천천히 입을 뗐다.

"시기가 중요하겠지요."

이어지는 뒷말에 대통령이 미소 지었다.

"세상이 절 필요로 한다면 말입니다."

날이 저물고 세월이 흐르고 있었다. 1997년 그해의 겨울은 그 어느 때보다도 추웠다.

하지만 사람들의 얼굴에는 절망이 아닌 희망이 가득했다. 대한민국에 횡행했던 노스트라다무스의 종말론은 잠식을 맞이했다.

그 가운데, 황금의 혜안 그가 있었다.

에필로그

시대가 바뀌었다. 20세기가 정치적·경제적 이데올로기의 집합이었다면 21세기는 새로운 도약을 꿈꾸는 시대일 터, 밀레니엄을 맞이한 사람들의 얼굴에는 하나같이 흥분과 기대가 뒤섞여 흐르고 있었다.

불과 몇 분 사이에 20세기와 21세기가 나뉘었다는 사실은 모든 사람의 뇌리에 깊숙이 남았다.

"회장님, 회장님!"

비서의 움직임은 급박했다. 21세기가 도래했건만 자신이 모시고 계시는 회장은 여전히 눈코 뜰 새 없이 바빴다.

기업 내에서 벌어지는 신년행사를 비롯해 국가적인 행사에까지 초청을 받으니 비서조차도 몸이 두 개라도 모자랄 지경이었다.

"무슨 일입니까."

비서가 자신을 부리나케 찾는 소리에 대남이 지그시 감았던 눈을 반개했다.

"미국에서 연락이 왔습니다. 일전에 회장님께서 진행하신 사업 프로젝트 건 관련한 내용입니다."

대남은 올 것이 왔다는 표정을 한 채 천천히 자리에서 일어났다. 그 모습에 비서가 의아한 표정으로 되물었다.

"미국에서 어떤 내용을 전해왔는지 안 들어보십니까?"

"들어서 뭐하겠습니까, 당연히."

대남은 벗어놓았던 외투를 건네받으며 단호히 말했다.

"그쪽에서 애가 타고 있을 게 자명할 텐데요."

순성기업은 회장이 바뀐 뒤, 많은 사업의 다각화를 꾀했다. 전반적으로 내실을 쌓음과 동시에 연구개발에 박차를 가했다.

전자, 식료품, 운송에까지 대남이 손을 안 댄 분야는 없었다. 한편에선 대남의 문어발식 연구개발에 우려를 표명하는 목소리도 높아졌지만 대남이 손대는 곳마다 대박이 터지니 그 말은 곧 게 눈 감추듯 잠식되었다.

[순성그룹, 美NASA와 기술협약 체결!]

[NASA와 협약한 순성 눈부신 발전이 예상되다!]

[김대남, 美 포브스지가 뽑은 세계 영향력 30人에 선정!]

대남은 미국발 비행기에 몸을 실은 채 노곤한 몸을 눕혔다. 21세기가 시작되었고, 세상은 예상대로 변함없이 흘러갔다.

대남은 거대한 기류 앞에 선 느낌을 온몸으로 받아내고 있었다.

머릿속으로 흘러들어오는 지식은 방대했다. 이전과 같은 방전은 없었다. 하지만 그 한계도 명확했다.

대남은 자신이 사용할 수 있는 부분에 한해 여지없이 실력 발휘를 가했다.

"회, 회장님 이런 기사가 떴는데."

미국발 비행기에 몸을 실은 대남은 비서가 자신을 찾는 목소리에 또다시 눈을 떴다. 비행기 창 밖을 보니 아직 미국 상공에 다다르기까지는 시간이 꽤 남은 듯했다.

평소와 같았다면 미국에 도착하기 전까지 자신을 깨우지 않았을 비서였지만 이번만큼은 달랐다.

"터스 박사가 무슨 말이라도 했습니까?"

터스 박사는 평소 대남을 가리켜 IT산업의 보배라고 칭송하는 美NASA 소속 유명한 학자였다. NASA와 기술 체결을 위해 대남과 자주 조우했는데 그때마다 대남의 천재성에 터스 박사는 입을 벌리며 칭송했다.

혹여 터스 박사가 사이언스 저널에 뭐라 말이라도 한 걸까.

하지만 비서는 예상외의 말을 전해 왔다.

"포브스지에서 전 세계적 자산가들의 추정 재산을 공개했다고 하는데……."

"재산 공개요?"

포브스지에서 전 세계적인 자산가들의 순위를 매긴다는 사실은 이미 진즉에 알고 있었다. 하지만 여태까지 대한민국인이 순위권에 등재된 적은 단 한 번도 없었다.

대남은 비서가 건네는 포브스 잡지에서 발표한 부호 순위에서 예년과 달리 새로이 떠오른 하나의 이름을 발견할 수 있었다.

[KIMDAENAM-South Korea]

2012년, 봄 여름 가을이 지나 겨울이 찾아오자 대한민국은 그 어느 때보다도 뜨거운 열기에 다시 휩싸이게 되었다.

정권 교체 시기라는 대통령 선거의 막이 오른 것이었다. 야당, 여당 너 나 할 것 없이 저들의 공약을 내밀고 대선 후보를 밀어주기에 앞장섰다.

그 가운데 홀로 우뚝 부상한 이가 있었으니 바로 무소속의 김대남이었다.

대남의 대선 출마는 가히 대한민국 언론의 특급 호재였다.

과거부터 대남의 대선 출마는 말이 많았다. 혹자는 민간기업의 회장 자리에 오른 이가 뭐가 아쉬워 대선에 출마하겠냐는 것이었고, 또 다른 한편에선 대남이 대한민국의 지휘자 역할을 맡아줬으면 좋겠다는 의견이 다분했다.

[김대남 회장, 대선 출마 확정.]

연초 대남의 무소속 대선 출마가 확정되자, 언론은 연일 기사를 쏟아내기에 바빴다.

기존의 여당과 반전을 꾀하려 했던 야당 입장에선 죽을 맛이었다. 보잘것없는 무소속 후보의 출마 선언이었다면 신경 쓰지도 않았을 테지만 상대가 대남이라면 그 얘기가 달라졌다.

"김대남!"

"김대남!"

선거 유세장에선 대남의 이름을 연호하는 사람들이 인산인해를 이루었다. 대남의 인기는 가히 상상을 초월할 지경이었고, 그가 보여 온 행보 덕분에 국민들의 신뢰는 기존의 대통령을 아득히 넘어설 지경이었다. 여당과 야당에선 이미 대선을 포기했다는 소문까지 나돌 정도였다.

대남이 단상 위로 오르자 수많은 인파가 일제히 고요해졌다. 순성그룹의 회장직을 맡은 지 십 년이 넘었지만 아직도 젊디젊은 나이였다. 하지만 모두가 그를 신뢰했고, 믿어 의심치 않았다.

대남은 자신을 바라보는 국민을 향해 마이크를 잡고 나직이 말했다.

"날이 많이 춥습니다. 이렇게 많은 분이 저를 보기 위해 자리해 주실 줄은 몰랐습니다. 제가 여러분들의 귀한 시간을 뺏게 되었으니 그 시간이 전혀 아깝지 않게 느끼게 해드리도록 하겠습니다. 먼저 질문 하나 하겠습니다, 제가 정치권으로 뛰어든 이유가 무엇인지 아십니까?"

대남의 물음에 그 누구도 쉽사리 대답하지 못했다. 대남은 예의 그럴 줄 알았다는 듯 짧게 고개를 주억거리곤 말했다.

"정치권이 다시 퇴화되어 가고 있기 때문입니다."

"······!"

"정권이 교체되고 그간 많은 사건 사고가 있었습니다. 저는 순성그룹의 회장 자리에 있으면서 그 많은 일을 보며 탄식을 금치 못했습니다. 우리는 과거에도 실수를 저지르고 힘든 시간을 보냈습니다. 이대로 가다가는 결국 또다시 실수를 저지르게 되는 것을 눈앞에서 목도하게 되겠지요. 저는 그것을 막기 위해 이 자리에 섰습니다. 기업의 회장이 아닌, 대한민국의 국민으로서 말입니다."

여기저기서 함성이 터져 나왔다. 대남에 대한 신뢰도는 날이 지날수록 상승했고 그 원천은 그간 대남이 살아온 인생에 있으리라.

대남은 자신에게로 향하는 수많은 시선을 향해 말했다.

"대통령이라는 자리는 말입니다. 모두를 보필하기 위한 자리이지 결단코, 자신의 이익을 챙기는 자리가 아닙니다. 대한민국 헌법 제1조 2항이 말하고 있지 않습니까. 대한민국의 주권은 국민에게 있고 모든 권력으로 국민으로부터 나온다. 저는 여러분들의 위에 군림하고 싶은 생각은 추호도 없습니다. 앞으로 절 믿고 따라오신다면 항상 그랬듯이, 보여드리겠습니다."

이어지는 뒷말에 모두가 환호했다.

"김대남의 대한민국을 말입니다."

라비돌 : La Vie D'or (完)

마왕성 플레이어

트레샤 퓨전 판타지 장편소설
WISHBOOKS FUSION FANTASY STORY

신들의 전장, 하멜.

집으로 돌아가기 위한 마지막 싸움.

믿었던 동료가 배신했다!

[영혼 이식의 대상을 선택해 주십시오.]

뒤바뀐 운명. 최약의 마왕. 그리고……

"이번에는 좀 다를 거다!"

**어둠 속에 날카로운 칼날을 감춘,
마왕성 플레이어의 차가운 복수가 시작된다.**

우진 현대 판타지 장편소설

WISHBOOKS MODERN FANTASY STORY

다시 태어난 베토벤

1827년 한 남자의 죽음으로 고전 시대가 저물었다.

그러나
그가 지핀 낭만의 불씨가 타오르니
비로소 새로운 시대가 열렸다.

긴 시간이 흘러 찬란했던 불꽃도 저물어 갈 즈음.
스스로 지핀 불씨를 지키기 위해
불멸의 천재가 다시 태어났다.

〈다시 태어난 베토벤〉

마치 운명이 문을 두드리듯
힘차게 손을 뻗어 외친다.

"아우아!"

나는 될 놈이다

글쓰는기계 게임 판타지 장편소설
WISHBOOKS GAME FANTASY STORY

판타지 온라인의 투기장.
대장장이로 PVP 랭킹을 휩쓴 남자가 있다?

"아니, 어디서 이런 미친놈이 나타나서……."

랭킹 20위, 일대일 싸움 특화형 도적, 패배!

"항복!"

'바퀴벌레'라고 불릴 정도로
끈질긴 생명력을 가진 성기사조차 패배!

"판타지 온라인 2, 다음 달에 나온다고 했지?"

평범함을 거부하는 남자, 김태현!
그가 써내려가는 신개념 게임 정복기!

맛깅 현대 판타지 장편소설

WISHBOOKS MODERN FANTASY STORY

책 먹는 배우님

"재희야, 너는 왜 대본을 항상 두 권씩 챙기냐?"

하나는 촬영장에 들고 다니며 남들에게 보여주는 용도.
또 다른 하나는

[드라마 〈청춘열차〉가 흡수 가능합니다.]
[대본을 흡수하시겠습니까?]

내가 먹을 용도로 쓰인다.
나는 대본을 집어삼켜, 오로지 내 것으로 만든다.

책 먹는 배우님

대본을 101% 흡수할 수 있는 배우,
재희의 이야기.